ライアン・ステック／著
棚橋志行／訳

●●

燎原の死線（下）

Fields of Fire

JN116000

扶桑社ミステリー
1671

燎原の死線（下）

登場人物

マシュー・レッド ―――――― 元海兵襲撃隊（米国海兵隊特殊部隊）
ジム・ボブ・トンプソン(JB) ―― 牧場主。レッドの養父
エミリー・ローレンス ―――― ナースプラクティショナー。レッドの元恋人
シェーン・ヘップワース ――― 副保安官
アントン・ゲージ ――――― 実業家
ワイアット・ゲージ ―――― アントンの息子。土地開発会社社長
ハンナ・ゲージ ――――― アントンの娘。動物保護団体会長
ローマン・シェフチェンコ ―― ワイアットの護衛。ウクライナ人
ギャビン・クライン ――――― FBI（連邦捜査局）。元海兵隊
レイチェル・カルプ ――――― 同上。クラインの上司
ステファニー・トレッドウェイ ―― 同上。クラインの部下
ウィロウ ――――――――― 生物兵器の専門家

37

ワシントンDC

ケビン・ドゥーデクはメリディアン・ヒル公園から東へ二ブロックのベルモント通りに駐車場を見つけた。通りのあちこちを見て、誰もいないのを確かめてから十五丁目の公園入口へ向かった。

待ち合わせには格好の場所だ。

コロンビア・ハイツは再開発で高級化され、ホワイトハウスからわずか二・五キロ北と国の権力中枢に近いにもかかわらず、日没後、特に真夜中以降は絶好の場所とは言いがたい。ドゥーデクは連邦職員で、武装していたが、それはトラブルに巻きこまれた場合に生き延びられる確率が高いというだけのことだ。彼は公園の入口を構成するコンクリート柱の前で立ち止まり、ホルスターに収めたグロックの銃口からほんの数センチ離れた腰に片方の手を当てて、薄暗い通り道をのぞき、活動の気配がないか耳を澄ました。待ち伏せされている気配はないと確信し、道を進み始めた。足音を最小限に抑えるよう、踵《かかと》から足先へゆっくり靴底を地面につけていく。やがて水の流れる音が聞こえてきた。この公園の呼び物は連段の滝と呼ばれる凝った水流施設で、何段もの貯水層から成り、水が上から階段状にあふれ落ちていく。数多くの噴水もここの景観に寄与していた。

ドゥーデクは公園の配置をひと通り知っている程度だったが、細い道をたどって丘の上の指定された待ち合わせ場所へたどり着くことができた。薄闇《うすやみ》の中に銅像の形が見分けられた。馬にまたがった戦士の像だ。

そこへ向かいかけたとき、暗闇から聞き覚えのある声が彼の名前をささやいた。ぎょっとしたが、何も言わなかった。さりげなく近くの木々を調べ、待ち合わせの相手を探した。

「尾行されていないか?」

ドゥーデクは首を一度、横に振った。そこで好奇心に負けた。「どうしたというんだ?」

「きみは不正な侵入を受けた」

ドゥーデクはまた首を振った。「まさか」

「杜撰《ずさん》になったものだ」

彼は唇をとがらせて批判を受け入れた。

「見せたいものがある」と声が続けた。「前へ出ろ」

ドゥーデクは眉《まゆ》をひそめたが、そこで物陰から人影が離れ、彼のほうへ一歩足を踏み出して、片手を前へ差し出した。手に何かの輪郭が見えた。携帯電話にしては小さすぎる。メモリースティックか？

相手との距離を縮め、差し出されたものを受け取ろうと手を伸ばしたが、指がつかみかけた瞬間、相手の手が蛇のようにうねって彼の手首をつかんだ。

「おい、いったい――？」

相手はドゥーデクの手首を強く引いて前へ引き寄せた。ドゥーデクはバランスを崩し、影のような人物のほうへつんのめった。

襲撃者のもう片方の手が突き出され、自分の胸に突き刺さるところは見えなかったが、衝撃は感じた。横隔膜の真下をとらえた強烈な一撃だ。手を引いては何度も打ちこまれ、打撃のあまりの速さに、ドゥーデクには抵抗を考える暇さえなかった。

ようやく事態の深刻さに気づいたドゥーデクはまず手首をつかんでいる手を振りほどこうとした。

腕に力が入らない。

叫び声をあげようとしたが、口を開けても何も起きなかった。

8

横隔膜から冷たい感覚が広がってきた。自由なほうの手を腹部に押し当てると、指先に温かく湿った感触があった。

刺された。

冷たい感覚が広がっていき、そのあと最初の痛みの気配があった。膝《ひざ》ががくがくして立っていられず、くずおれていく……

暗闇にのみこまれて地面に横たわるあいだに、さまざまな感情が交錯した——否定、不信、絶望。

なぜ自分はこんな事態を許したのか？

あの女にだまされたのだ。

薄れゆく意識の最後で、殺し屋の手が彼の服を、ポケットを探っているのを感じた。

そのあと耳元で怒声がした。

「もうひとつの電話はどこだ？　プリペイド式のは？」

だが、その質問に答えたくてもドゥーデクには答えることができなかった。


レイチェル・カルプが別館のオフィスに入ってきて、ギャビン・クラインは顔を上げた。朝の七時半、彼には早すぎる時間だ。手つかずのコーヒーカップが肘《ひじ》のそばに置かれていた。「何事ですか？　お会いするのは明日と思っていた」

カルプはドアを閉め、彼の机の向かいに腰を下ろした。

彼女はつかのま、目の下の隈《くま》に魅了されたかのように彼を見つめた。深夜勤の名残だ。

「昨夜、ドゥーデク捜査官が殺されました」

クラインは居住まいを正した。「何だって？　どんな状況で？」

「二時間たらず前、メリディアン・ヒル公園でジョギング中の人が彼の死体を発見したの。ジャンヌ・ダルク像の裏で失血死しているところを」

「ああ、どこかはわかりますよ」クラインは誤ってこぼさないようコーヒーを遠ざけた。「現段階でわかっていることは？」

「首都警察《メトロ》によると、刺殺されたとのこと。奪われたものはなし。銃も、財布も、腕時計も、携帯電話も、結婚指輪も。ここからが興味深いところよ。メトロ警察は強盗事件に手違いが起こったものと見ている」

「当ててみましょうか」クラインが言った。「そこには監視カメラも、目撃者も、凶器もなく、ＤＮＡも残っていなかった」

「ご明察」

クラインは椅子《いす》の背に体をあずけた。「なら、決まりだ。ドゥーデクがうちの情報漏洩《ろうえい》元だった」

「同感よ。その漏れ口を誰かがふさごうとした」

「ウィロウとつながりがある誰かでしょうね」

カルプのいかめしい顔がいっそう険しくなった。「あるいは、自分たちの流儀で裁きを下そうとした誰かなのか」

クラインは眉をひそめた。

「これはあなたが立てた作戦だった」とカルプは続けた。「それが滞って死者を出したのは、すべて情報を漏らしていた人間のせい。漏洩元がドゥーデクとわかり、あなたがみずから手を下すことにしたのかもしれない」

「わたしの仕業にしては大胆不敵だと思いませんか？　調査を命じられた対象を殺したりするでしょうか？」

「あなたは臆病者《おくびょうもの》には見えない」

クラインはハエを追い払うように片手を振った。「信じてほしい、わたしは人殺しではない」

カルプはもうしばらく彼の視線を受け止め、そのあと少し姿勢を和らげた。「こういう質問をするのがわたしの仕事なので。でも、念のために訊《き》いておくと、彼を最後に見たのはいつ？」

「昨夜、午後十一時ごろ。彼は仕事から帰って夕食を済ませ、テレビを見て、カーテンを閉めた。寝る準備にかかったと判断して、わたしは家に帰った。二十四時間シフトを一人でこなすには限界がある」

「彼の自宅に盗聴器を仕掛けたことは？　電話を盗聴したことは？」

「令状を待っているところです。近ごろ外国情報監視法《ＦＩＳＡ》裁判所は令状の発付を渋るようになってきた。もはやわれわれを信用していないとばかりに。今日じゅうに取れるはずだったんだが……」彼はパソコンを指さした。「メールで状況を確かめようとしていたところです」

「驚いた、あなたがそんな細かなところにこだわるなんて。必要とあれば荒っぽいやり方も辞さないと聞いていたのに」

　クラインは自分の粗末《そまつ》なオフィスとＩＫＥＡ《イケア》の机を身ぶりで示した。「だからわたしはここにいて、あなたのオフィスは本部七階にあるのかもしれない」

　カルプは立ち上がった。「ドゥーデクの家へ行って、何かないか確かめてきて。入るのに令状は要りません。悲嘆に暮れる未亡人を見舞って、そのあと自分の仕事をする。今回の事件が単なる強盗の手違いでなかったとしたら、暗殺を命じたのは誰なのかを突き止める必要がある。それ以上に重要なのは、彼が情報漏洩源だったことを証明する証拠よ」

「同感です」クラインはコーヒーを口にした。「ところで、ステファニー・トレッドウェイの監視はどうします？　ドゥーデクが容疑者の最有力候補になったことだし、おやめになりますか？」

「トレッドウェイはこれ以上ないくらい退屈な人生を送っているわ。あなたとちがって、わたしは少し裏から手を回して、しかるべき所に仕掛けをしてきた。彼女はリアリティ番組が大好きらしく、むしゃくしゃするとホールマーク・チャンネルの再放送を見まくっている。ちなみに、お気に入りは映画の『ラブ・イン・ザ・サン』よ」

クラインは微笑《ほほえ》んだ。さすがだ、スティービー（ステファニーの愛称）。彼女はアカデミーでいちばん優秀な生徒だった。「なるほど。彼女は仕事中も退屈ですよ」

トレッドウェイはうまく痕跡《こんせき》を消してきた、とクラインは胸の中でつぶやいた。ホールマーク・チャンネルはじつに重宝だ。

「ウィロウの追跡を再開しますか？」とクラインは尋ねた。

「いまはドゥーデクを殺した犯人を突き止めることに全力を傾けて。そうすればウィロウにまっすぐたどり着けるような気がする」

「そうなれば、わたしの仕事はずっと楽になる」

カルプは立ち上がることで用件の終わりを告げた。「ドゥーデクの家にどんなものがあったか、逐次連絡してちょうだい。あなたが底なし沼にはまらないとも限らないし」

クラインも立ち上がった。「それを知る方法はひとつしかない」

「六時の方向に気をつけて」

バスケスが殺される前に言ったせりふだ。

「たえず気をつけていますよ、ボス。常日頃から」

38

モンタナ州

　翌朝、レッドが目を覚ますと、ヒアリでできた火山が噴火を起こしたかのように縫合した後頭部がかゆかった。掻《か》きむしりたい衝動にあらがいながらソファから起き出し、キッチンへ向かった。そこに着いて初めて、もうコーヒーメーカーもコーヒーもないことを思い出した。どちらも泥棒に持ち去られていた。

　この状況に取り組むため町まで車を走らせようかと考えていたとき、車寄せの私道に車の音が聞こえてきた。窓から外を見ると、保安官事務所のＳＵＶだった。シェーン・ヘップワースがハンドルを握っていた。

　玄関ポーチへ出迎えにいくと、保安官代理は紙のコーヒーカップを両手に持って車から降りてきた。制服を着ておらず、スウェットシャツにジーンズという服装だ。

　ヘップワースはカップのひとつをレッドに手渡した。「必要なら、車にクリームと砂糖もある。電話したかったが、きみの携帯電話の番号を知らなかったから」

「ブラックで大丈夫だ。ありがとう。ＪＢの固定電話の番号を知らないのか？」

「通話が止められている」

レッドは用心深くひと口飲んだ。コーヒーはぬるくなっていた。「日曜の朝から何の用だ？」

「教会へ行きたくないか？」

「本気か？」

ヘップワースは笑った。「いや。荷物を取ってこい。見せたいものがある」

ヘップワースはレッドを乗せて幹線道路へ戻ると、公道を外れ、以前にバイソンが草を食《は》んでいた牧草地を横断し始めた。今日は毛むくじゃらの動物の姿は見えなかった。ＳＵＶが幹線道路から遠く離れるほどレッドの不安は大きくなった。ヘップワースがワイアット・ゲージの先棒を担《かつ》いでいるとしたら、この先に待ち伏せが待っていないとも限らない。

走行中、レッドはヘップワースの表情や身のこなしを観察して裏切りの兆候がないか、欺瞞《ぎまん》を示す心の動揺が見えないか探したが、何も見つからなかった。何か企んでいるとしても、表情からは何ひとつうかがえない。おおむね無言のまま車は進んでいき、世間話が得意でないレッドにはむしろありがたいことだった。バイカーから奪い取った拳銃《けんじゅう》を携行しようか悩んだが、結局、法執行官に同行するとき違法な武器を携えていくのはまずいと判断した。

それに、自分の身を守るのに武器は必要ない。

三十分ほど山野を走ったあと、ヘップワースは雑木林の端で停止し、車を降りた。

「ここから少し歩く」

目的地について彼が口にした最初の情報だった。保安官代理がセンターコンソールに拳銃を置いてきたことにレッドは気がついた。ヘップワースは彼の先に立ち、森の中に入って少しすると、最近遺棄されたとみられる粗末な野営地が現れた。キャンディの包み紙やビールの空き缶、煙草《タバコ》の吸い殻が散乱していた。土にまみれた焚《た》き火から一メートルほど離れたところに、薄汚い安物の小型テントがあり、横の地面に使用済みの注射器が一本転がっていた。

「見覚えがないか?」と、ヘップワースがタックルボックスをあごで示した。蓋《ふた》に油性マーカーで〝J・B・T〟と記されていた。

レッドはうなずいた。「JBのものだ」

「な、言っただろ、ツイーカーどもの仕業だって。ツイーカーの二人だ」

レッドは地面を見まわした。しっかり踏み固められている。「二人? どうしてわかる?」

「テントの中に小汚い寝袋が二つある」

「ツイーカーと言ったな?」

「麻薬常習者《ドラッギー》、メス常習者《ヘッド》、呼び方はいろいろある」

「虹《にじ》色のシャツを着て走り回るばかどもを見たことがある。〝バッファロー戦士〟を名乗るやつらだ。おれが車で方向転換するたび、やつらは道端で『バッファローを救うため』と言ってカネをせびっている。稼いだカネの一部を麻薬につぎこんでいるのは間違いない」

ヘップワースは土を蹴《け》って首を横に振った。「土地の人たちはやつらをバッファロー・ヒッピーと呼ぶ。やつらと揉《も》めた人がいるという話は聞かないが、最近はどうだろう」彼は肩をすくめた。「神のみぞ知るだ」

レッドはもういちどキャンプを見渡した。幹線道路からかなり離れた木々の奥だ。

「こんな地獄の穴みたいな場所をどうやって見つけたんだ?」

「焚き火の煙だ。ゆうべ遅い時間に、ボランティア消防隊《FD》に通報があった。焚き火は禁じられているんだ。今朝その報告を読んで、きみのことを思い出したのさ」

レッドは周囲を見まわした。ここからJBの家まではかなりの距離がある。森林地帯を少なくとも一五キロは歩かなければならない。「物を盗むだけのために、メスの常習者二人がここから牧場まで歩いてきたと、本気で思っているのか？」

「いや。ここはやつらの住み処だ。クランクでハイになって森を走り回っているうちに、きみの家を見つけたんだろう。あるいは、ＪＢが亡くなったことを町で知って、荒らし放題できると思ったのかもしれない——そこへきみが現れた」

レッドは両手を腰に当てて木々の梢《こずえ》を見上げた。三六〇度体を回していき、周囲の状況をすべて取りこむよう努めた。「どうかな。ちょっと都合がよすぎる気がする」

ヘップワースは横目で彼を見た。「どういうことだ？」

「きみが発見したとき、ＪＢは牧場のレミントンの横で首の骨を折って死んでいた。そうだったな？」

「そういう状況だった」

「検死官が死因を確認した——自分で見に来て確かめたんだな？」

「もちろんだ」

「おかしなことがある。ＪＢはがんを患っていたんだ。エムによれば、馬にまたがれないくらい弱っていた」

「エム？」ヘップワースは一瞬理解できずに目をぱちくりさせ、そのあと顔をほころばせてにやりとした。「きみが以前付き合っていたエミリー・ローレンスのことか？　まったくいい女だな。昔からそうだった。やりまくっていたんだろう？」

レッドの指が拳《こぶし》に固まっていった。

「試しにいちど口説いてみた」とヘップワースは続けた。「きみがいないのをいいことにして。しかし、けんもほろろだった」

「おれが言いたかったのは」レッドは奥歯を嚙《か》みしめてやっとの思いで言葉を吐き出した。「彼は馬に乗れなかったと彼女が言ったことだ」

ヘップワースはあごをポリポリ搔いた。「医療の専門家と議論する気はさらさらない。とはいえ、ジム・ボブのことだ。筋金入りのタフな男だった。彼なら馬に乗ったとしても不思議じゃない気がする」

「JBはそこで何をしていたんだ？」

ヘップワースは腕組みをした。「どういう意味だ？」

「家畜を全部売り払い、牧場は荒れたままだった。がんに侵された体で馬にまたがろうとする理由がどこにあるんだ？」

「だったら、ほかにどんな可能性がある？」

レッドはヘップワースがどう反応するか、注意深く観察した。「誰かが彼を殺して事故に見せかけた可能性はないか？」

ヘップワースは真剣に考えているようだった。「まあ、なくはないかな。しかし、ジム・ボブを殺したがる人間がどこにいるんだ？　ツイーカーたちの仕業と思っているのか？」

「いや、別の人間を考えていた」

ヘップワースはまた首をかしげた。「誰を？」

「彼が死んで得をするのは誰か？」

「見当もつかない。彼は借金で首が回らなくなっていた。人が欲しがるどんなものを持っていたんだ？」

「土地だ。その話でおれは、ワイアット・ゲージに――きみを含めた郡の半分くらいの人間に――神経がすり減る思いをさせられた」

「ちょっと待った、マット。その話できみの神経をすり減らした覚えはない。必要もないのに、悲惨な状況に陥っている郡をうろうろしている理由はないと言っただけだ。好きにしたらいい。おれの知ったことじゃない。きみの土地を売りたいなら、ワイアットが市場価格よりも高い値段で買い取ってくれると言っただけだ。それに――」彼はそこではっと気がつき、たじろいだ。「ちょっと待て。ＪＢはワイアット・ゲージに殺されたと思っているのか？　冗談だろう？」

レッドは何も言わなかった。

「そんなばかなことを考えるなんて、よっぽど強く頭を殴られたんだな。どうして億万長者の息子が、棺桶《かんおけ》に片足突っ込んでいた年寄りを殺したりするんだ？　死ぬのを待って土地を手に入れたらいいじゃないか」

レッドが顔をこわばらせた。

「悪気はなかった」とヘップワースは続けた。「こう言いたかっただけだ。朽ち果てかけた牛の牧場の権利を手に入れるために、ワイアットがすべてを危険にさらす理由がどこにある？　やつの広大な土地に比べたら、郵便切手くらいのものだぞ。全然筋が通らない」

「JBはあと五年生きられる可能性が五〇パーセントあった」レッドは氷のように冷たい声のまま言った。「それを知ったワイアットがそこまで待てないと思った可能性はある。おれはずっとこっちにいなかったし、あそこを欲しがったりしないと踏んだのかもしれない。だからJBを殺し——あるいは、調教した例の類人猿に殺害させて——そのあとおれに、断るのは愚かとしか思えないような取引を持ちかける」

ヘップワースは首を横に振った。「ワイアットがきみの土地を欲しがったということは、つまりアントン・ゲージが欲しがったということだ。ワイアットは父親が欲しがる物件しか買わないからな。きみはそうだと言いたいのか？」

レッドは眉をひそめた。「それは知らなかった。ワイアットがリゾートタウンのたぐいを建設しようとしているだけだと思っていた」

「アントン・ゲージは生ける聖人だ」とヘップワースは続け、熱っぽく声を張り上げた。「過去十年で一千万人以上に食事を与え、今後の十年でさらに十億人に食事を与えるつもりでいる。人の暗殺を命じるシカゴのギャングとはちがうんだ」

レッドは目をしばたたかせた。「今日、彼と会うことになっている」

「本当か？　すごいじゃないか。うらやましい」

「自宅へブランチに招かれた」

「へえ。そいつはすごい。いまにわかるさ。アントン・ゲージは善人だ」

レッドは物憂げにうなずいた。おれは標識を読み違えたのか？

ヘップワースは釣りの道具箱を指さした。「あれは持ち帰りたいんだろ？」

「ああ、もちろん」

「あとで戻ってきて、現場を調べるときに証拠品として押収《おうしゅう》する。返却できるようになったら知らせよう」彼は両手を腰に当てた。「なあ、マット。自明の状況を見落としちゃいけない。麻薬の常用者が二人、きみの家に侵入して、きみの頭を殴り、そのまま放置して逃げていったのは明らかだ。考えてみれば、やつらはしばらくＪＢを見張っていたのかもしれない。彼が馬から落ちるところを目撃していた可能性まである。あるいは、レミントンをびっくりさせたのはやつらかもしれない。本当にＪＢが殺されたのなら――殺されたと言っているんじゃなく、きみの考えに沿った仮定だが――犯人はあのツイーカーたちかもしれない。証拠がその方向を示していれば、かならずうちが真相を突き止める」

レッドは口を開かずにいた。尋問官を務めたとき、相手にしゃべらせておくのがいちばんと学んだからだ。このパズルにはまだ欠けているピースがいくつかある。ヘップワースが口をすべらせるかもしれない。

「必要なのはこのツイーカーたちを見つけることだ。事務所に戻って、ブラックウッドが素面《しらふ》だったらこの話をぶつけてみる」

「それでどうなるかは心もとない」

「彼は飲酒に大きな問題を抱えているが、うまく隠している。当てにはならないが、ゲージさんは彼を気に入っているし、素面のときは警察官としてまんざら捨てたものじゃない。二人で知恵を出し合って、やつらの情報が手に入るかどうかやってみる。捕まえたときは――きっと捕まえるから、信じてほしいが――きみに知らせるから、いっしょに真相を確かめよう。それでどうだ?」

レッドはうなずいた。しかし、ツイーカーの線はないと彼の直感は告げていた。ボサボサ頭のような人間がJBを出し抜けるとは思えない。

〝トラブルが戸を叩《たた》いてきた……〟

そうとも、ツイーカー程度のチンピラが二人来たくらいで、JBはおれに電話をしてきたりしない。

〝余計な詮索《せんさく》をしていやがった〟

ここでレッドは、ヘップワースがさっき言ったことを思い出した。〝つまり、アントン・ゲージが欲しがったということだ。ワイアットは父親が欲しがる物件しか買わないからな〟

彼はなんとか浮かない笑みを浮かべた。ヘップワースの言葉をそのまま信じることもできるが、このあとアントン本人に訊けばいいことだ。

「ありがとう、シェーン。いろいろ調べてくれて感謝する。でも、そろそろ戻ろう。ブランチに遅れたくない」

39

　レッドはラプターを減速させ、〈ダンシング・エルク牧場〉の入口前に止めた。最初に訪れたときとどこも変わっていないようだ。人を寄せつけない感じもそのままだった。

　あのときと同じ渋面の警備責任者がいたが、今回は腰に差した四五口径と同じくらい大きな笑みを浮かべていた。彼はレッドがいる運転席側の窓へゆっくり近づいてきた。

「おはようございます、レッドさん。先日はどうも」

「アントン・ゲージさんに会いに来た」

「時間どおりですね。道はご存じと思いますが、ご希望なら喜んでご案内します」

「いい」

「ですね」責任者は顔を近づけた。「失礼ながら、武器はお持ちじゃないですね？」

「持っていたら？」

「その場合は、どうか預からせていただきたい。この小屋に保管して、出るときお返しします。このあたりではそれが標準手続《SOP》きになっていまして。他意はありません。ご理解いただけると思いますが」

　レッドは肩をすくめた。「いや、武器は携行していない。好奇心で訊いただけだ」

　こんなばかどもに誰が銃を渡すものか。

　責任者は笑みを浮かべたまま、さっと一度、レッドに黒い目を走らせた。ラプターを調べてレッドをボディチェックしたがっている。しかし、ＶＩＰ待遇を命じられているらしい。

「わかりました」責任者は上体を起こして警備小屋の誰かに手を振った。ゲートが開き始めた。「ごゆっくり」

　レッドは三階建てガラス張りの巨大な邸宅の前にラプターを駐車した。荒削《あらけず》りの木材を使っているが、急角度のすっぱりした線は超現代的だ。山の環境に完璧《かんぺき》に溶けこんでいるが、形状はきわめて独創的だった――ハイテク版の山荘とでも言おうか。

　正面にハンナの白いメルセデスＧレックスが駐《と》まっていて、レッドがラプターを降りると、合図を受けたかのように彼女が屋根付きポーチに現れた。

「マット！　いらっしゃい。うれしいわ、来てくれて」ハンナは満面の笑みを浮かべてそう言った。腰から下にひだ飾りが付いた黒いリネンのロングドレスに身を包み、細い腰に大きな銀のバックルが付いた幅広の編みロープベルトを巻いている。ハイウエッジの三インチのロープヒールが元々長身の彼女をさらに引き立てている。黒いドレスが肩にかかった長いブロンドの髪を、ターコイズ色のビーズのネックレスが瞳《ひとみ》を際立たせていた。

相変わらず目を見張るくらい美しい。

「縫ったところの具合はどう？」

レッドは〝くそかゆい〟と言おうとして、実際には「かゆくてたまらん」と言った。日曜日には言葉遣いに気をつけるようにしていた。その程度の信仰心だ。「それ以外は問題ない」

ハンナはまた明るい笑顔を見せた。「大過なくてよかった。パパが、あなたに会うときが待ちきれないって。どうぞ入って」

彼女の案内で広い玄関入口を通り抜け、大きな洞窟《どうくつ》のような居住区に入っていった。床から天井までの大きな窓から大自然がそのまま室内に取りこまれていた——いや、その逆かもしれない。分厚い天然素材の大きなソファ、特注の木が使われたテーブルと椅子、色彩豊かな手織りのネイティブアメリカン・ラグ、その他十数種類の室内備品はすべて、並外れたセンスとスタイル、そして……お金を物語っていた。レッドが泊まったことのあるどの山小屋ともちがい、壁に大型狩猟動物の頭部《トロフィーヘッド》は飾られていない。熊《くま》の皮もなければ、魚や鳥や猫の剥製《はくせい》もない。考えてみれば、ここには、彼が履いているブーツとハンナが付けているベルト以外に動物の革は何ひとつない。

広い居住区を通り抜けてデッキへ向かう彼女に続きながら、彼の目は否応なくその優美な姿に引きつけられた。彼が見ていることをハンナが意識し、それを楽しんでいるような気がしたため、視線を引きはがして目を上げると、背が高く肩幅の広い男性が見えた。豊かな白髪を耳の後ろにかけ、灰色のリネンのスラックスに白いTシャツという服装で、パノラマデッキのガラス手すりの近くに立って雄大な景色をながめている。

ハンナがすかさず男の背後に回り、広い背中に片手を置いた。男が振り向き、愛情に満ちた笑みを浮かべて顔を輝かせたとき、ハンナがどこからこの美貌《びぼう》を手に入れたのか、レッドの目にも明らかになった。

「パパ、こちらがマット・レッドさん。マット、父のアントン・ゲージ博士よ」アントンは一歩前に進み出て、大きな手を差し出した。レッドは握手に応じた。アントンの手は柔らかい感触だったが、しっかり力を込めてきた。

「ジム・ボブ・トンプソンのご子息にお会いできて光栄です。時間を割いてお越しいただき、感謝しています」

「お招きに感謝します」

「重ねてお悔やみを申し上げます。お父様には一度だけお会いしました。とても印象的だった。これまで会った中でも指折りの、泰然自若《たいぜんじじゃく》としたお方だった。ああいう人はこの先、出てこないでしょう」

「恐れ入ります。父は善良な男で、素晴らしい海兵隊員でした」

「それはどんな男にとっても立派な墓碑銘です。あなたは彼を誇りに思っているでしょうし、誇りに思って当然だ」彼はデッキの反対側に置かれている、白いリネンのテーブルクロスに覆われたビュッフェテーブルを指さした。黒いシェフジャケットを着た若く美しい女性が、準備した料理に入念な仕上げをしていた。「お腹《なか》が空いたでしょう。さあどうぞ。食べましょう」

「わたしは失礼します」とハンナが言った。「十分後にズーム会議に出席しなくちゃいけなくて」彼女は父親の頰《ほお》にキスし、すれ違いざまレッドに微笑んだ。「楽しいブランチを」

彼女がいなくなることにレッドは少しとまどった。当然同席するものと思っていたのだが、アントン・ゲージと二人きりになるのだと、彼はここで気がついた。

そのほうが相手のことを探りやすいかもしれない。

「ありがとう」父親が隣にいることもあり、離れていく彼女の後ろ姿を楽しみたい衝動を押し戻した。ハンナ・ゲージの美しさは認めるが彼女のことがふだん頭に浮かんでくることはまったくない。

頭から離れないのはエミリーのことだった。


缶詰の中身を直接食べる日々が続いただけに、レッドは提供される料理にあらがうことができなかった。厚切りベーコン、太いリンクソーセージ、注文を受けてから焼かれるオムレツ、焼きたてのステーキ。アントン・ゲージは距離を置いて、食べ物を皿にかき集めるレッドをただ見ていた。

二人が着席すると、若いシェフが色とりどりのグリル野菜とカットしたてのフルーツを何皿も持ってきて、雇い主の前に並べた。彼の近くに動物性たんぱく質はひとつとしてない。牛乳も、バターも。

レッドは自分の皿に載せられた殺戮《さつりく》の跡を改めて見た。動物を殺すことに倫理的、道徳的な信条を持つゲージのような人たちに対し、不本意ながら称賛の念を禁じ得なかった。我慢ならないのは偽善だ。アントンの身の回りやブランチの皿に動物性の製品がいっさいないことは、強固な信念の持ち主であることを物語っていた。

「どうぞ、ご遠慮なく。召し上がってください」ゲージがにこやかな表情で言った。

「エリカはこの国最高クラスのお抱えシェフで、たんぱく質が専門です」彼は自分の皿を身ぶりで示した。「わたしはたまたまこっちのほうが好きなだけで」

「感謝します」

レッドも偽善者ではなかった。昔から肉食派で、ステーキくらい好きなものはなかった。血のしたたるレアのリブアイステーキにナイフを入れ、赤い肉汁を皿に放出した。ゲージをちらりと盗み見ると、彼も同じように自分の食事を楽しんでいるようだった。

「ご満足いただけましたか?」エリカがかすかなドイツ訛《なま》りの英語で尋ねた。

レッドはこれほど美味しい食事を味わったことがなかった。胡椒《こしょう》をまぶし、バターを染みこませたアンガス牛は口の中でとろける感じだ。

「信じられないくらい。ごちそうさま」

「飲み物は、マシュー? コーヒーでも、ミモザでも」と、アントンが勧めた。

「ブラッディ・メアリーをもらえるとありがたい、できればスパイシーなのを」と、レッドはシェフに伝えた。

「わたしも同じものを」とゲージが言った。

「すぐお持ちします」

「ところで、マシュー――マシューとマット、どっちがお好みですか?」

「マットでけっこうです」レッドはチーズオムレツに切りこみを入れ、中に詰めこまれたぬらぬらと輝く挽《ひ》き肉ソーセージの塊《かたまり》に注意深くフォークを刺した。

「じつはマット、何カ月か前、ホームレス復員兵のための募金活動をしているとき、海兵隊の司令官と会う機会がありましてね。じつに堂々とした紳士だった。会ったことは？」

レッドは咀嚼《そしゃく》を終えた。「司令官とわたしでは、社交の輪がちがいます」

「いろんなことを見てきたのだろうね？」

「ええ」

「わたしも旅先で少しばかり見てきた。多くの苦しみを。その多くは必要のない苦しみだった。すべて人間が引き起こしたものだ」

エリカがブラッディ・メアリーを運んできた。キンキンに冷やしたメイソンジャーを砕いた黒胡椒が縁取っている。アントンには細長いディル・ピクルス、レッドにはスリラチャソースを使って燻製《スモーク》したカリカリのベーコンがひとひら添えられていた。

エリカは体の前で両手を重ねて、近くに立った。

アントンが自分のグラスをレッドのほうへ持ち上げ、エア乾杯をした。「よりよい未来に」

「同じく《アーメン》」レッドはベーコンを取り出して皿に置き、カクテルを口にした。洗練された味覚を持ち合わせているわけではないが、缶詰のトマトジュースをすすっているわけでないことだけは確かだ。

「言い忘れていたが、エリカは素晴らしいミクソロジスト（カクテル作りの達人）でもある」ゲージは彼女のほうを身ぶりで示した。「イーロン・マスクの元から強奪したんですよ。これまで自分が打った中で最高の一手だった」

　エリカが顔を赤らめた。「ご満足いただけて何よりです、お二人とも」

「ありがとう、エリカ」アントンはそう言って彼女を解放した。

　彼女がテラスから出ていくあいだにレッドはベーコンをかじった。ゲージがディル・ピクルスをひと口食べるのを待って、彼は質問した。

「ゲージ博士、わたしは――」

　ゲージは手を振ってレッドをさえぎり、懸命に食べ物を飲みこんだ。「いや、お願いします。どうかアントンと」

「わかりました……アントン。こちらへのご招待と盛りだくさんのごちそうに感謝します。自分もここへ招待していただいた意味がわからないようなクズ白人じゃない。国会議員の半分とハリウッドの三分の二は、わたしがいま座っているところにいたいと思っているでしょう。しかし、あらかじめお断りしておきたいことがある。ＪＢの不動産物件を売るつもりはありません――いくら積まれても」

　ゲージはリネンのナプキンをさっとつかみ取って顔をぬぐった。「そのためにここへお呼びしたと思われるのは遺憾《いかん》です。そんなことは夢にも思っていない。それどころか、正反対だ。今回の一件について息子は事を急ぎすぎたし、正直、これはわたしの責任です」

ゲージは椅子に深くもたれて長い脚を組み、ブラッディ・メアリーを持ち上げた。

「わたしは息子の人生に常日頃から存在感を示してきたわけではなく、息子はたえずわたしの承認を得ようとしている。父と息子……簡単なことばかりではないですよね？　期待に応えようとするのは？　かけられた期待に応えようとする。もっとひどいときは、みずからに課した期待に応えようとする」

その言葉にレッドは衝撃を受けた。まるでゲージに自分を見透かされているかのようだ。

「ワイアットがあなたに攻撃的になったのは確かです。彼は庭でいちばん大きな雄鶏《おんどり》になりたい。だから、ここではっきり言わせてもらえば、わたしはあなたの土地を欲しいと思わない。誤解しないでくださいよ。美しい土地です。しかし、あそこはあなたの土地であり、あなたの家族が代々守ってきたものだ。小さな牧場がやっていくのがどんなに大変かは知っているし、この十年でこの地域が見舞われた状況に、わたしは誰より憤慨している。市場で競争に勝てない小さな牧場をわたしのような金持ちが奪い取りに来る。それは古き良き資本主義だが、だからといって正しいとは言えない」

レッドは驚きを隠すよう努力した。「はい。そのとおりです」

「しかし現実には、あなたのお父さんが経営していたような畜牛の小規模経営は、もはや経済的に立ち行かない。大規模な工業的農場や大規模牧場に太刀打《たちう》ちできない」

「ええ、十年前でも大変でした。ぎりぎりの生活だった。いまはもっと大変にちがいない」

「そこで提案です。あなたが牧場を維持して、ご自分で働くか、ほかの誰かに貸すことにしたら、そこで育てられた牛肉を全部買い取ることを約束しましょう。有機的に飼育された牛肉のほうがわたしには好ましく……バイソンならもっといいが……その点はあとで解決してもいい。もちろん、わたしは完全菜食主義者《ビーガン》だが、レストラン業界の友人もいるし、仕入れ先の切り替えを説得できると思う。こういう話にご興味はおありですか?」

レッドはこの申し出に唖然《あぜん》とした。牧場を存続させる方法を探していたら、土地を奪い取ろうとしていると思っていた相手からその方法が投げ落とされたのだから。

「うーん、はい。もちろん。たいへんありがたい申し出です」

「あなたの家が荒らされ、あなたが襲われたことについては――まったくひどい話です。悲しいかな、驚くことではない。農村は最貧地域のひとつであり、麻薬の蔓延《まんえん》によって辛酸をなめている。スティルウォーター郡に麻薬取締局《DEA》を配置できないか、いま国会議事堂の友人たちに相談しているところです。しかし、それが実現するまでは、うちの警備チームをご利用いただければいい。隣り合った土地だし、あなたの土地を巡回地域に含める許可をいただきたいと思います」

レッドはゲートで遭遇した警備チームのことを思い返した。能力は高そうだが、自分の牧場の警備をまかせたいかと言えばどうだろう。「自分なりに警備を固めてはいますが、お申し出には感謝します」

「もちろん、お気持ちはよくわかります。ただ、この申し出が無期限であることだけはお含みおきください」

ゲージはモンタナ州の息をのむような美しさや、出会った野生動物に抱いている愛情、州外の資産家による高級住宅地開発需要の増加を抑えたいという願望へ、巧みに話を切り替えていった。

「あなたはモンタナのどこがいちばん好きですか?」とゲージは尋ねた。

レッドに長く考える必要はなかった。「モンタナは美しい土地だ。美しい場所がたくさんある。しかし、モンタナ特有の魅力と言えば? いまなお……人の手が入っていないところでしょう」

ゲージは顔をほころばせた。「素晴らしい」

アントンの魅力に釣りこまれるように、レッドは肩の力を抜いた。ＪＢとの最高の思い出や、ビッグ・スカイ・カントリーで育った喜びについて胸の内を吐露した。

それからすぐ、ベルギーから、南スーダンの人道的危機についてゲージに助けを求める緊急連絡が入った。ゲージはレッドを玄関まで送り、力強く抱きしめた——レッドがまったく予期していなかったことで、彼は喜んで抱きしめ返した。

正面ゲートを通り抜けて警備員たちに手を振るころには、レッドは世界一有名な億万長者の環境保護活動家と親友になったような心地を振り払えなかった。あの男は聡《そう》明《めい》で、謙虚で、きわめて魅力的だった。

そして、レッドを隣人として迎えることに何の異存もないようだ。

では、なぜワイアット・ゲージはＪＢの土地に市場価格の三倍を支払おうとするのか？

ＪＢの牧場へ戻る車中でレッドが熟考していたのはその疑問だった。

40

ローマン・シェフチェンコは大きな拳銃を両手でひっくり返して高笑いした。カウボーイの国のカウボーイ銃だ。

口元へ銃を持ち上げ、銃口から渦を巻いている煙を吹き払ったところで、アメリカ西部開拓時代の映画に出てくるガンマンのように指でくるくる回したい衝動を抑えつけた。大口径の拳銃を所有するのは面白いし、撃つのも楽しい。しかし、実用的な道具としては重すぎるし、音がうるさすぎる。

それでも、仕事はしてくれた。

彼は顔を下に向けた死体が二つ横たわっている浅い墓を見下ろした。顔と呼べるものはほとんど残っていない。それぞれの後頭部に至近距離から四四口径マグナム弾が撃ちこまれていた。

シェフチェンコはリボルバーをホルスターに押し戻し、背の低いほうがかぶっていたインカ風ニット帽で、ピカピカの木製グリップと引き金をきれいにぬぐった。この男が帽子を手に涙と鼻水を流しながら命乞《ご》いしたからか、手に湿った感触があった。少なくとも、不潔なドレッドヘアのほうは男らしく自分の運命を受け入れた。あるいは、麻薬でラリっていて、手遅れになるまで何が起こっているのか気づかなかったのかもしれないが。

シェフチェンコは帽子を墓に放り投げ、銃とベルトをそばの地面に置いて、シャベルを手に取った――マシュー・レッドの後頭部を痛打したのと同じシャベルを。

あれは胸のすく一撃だった。

首を刎《は》ねていたらもっとすっきりしただろう。少なくともその瞬間は。しかし、あれは小さな報復だ。ワイアットが言ったとおり。こっちの計画のほうがずっといい。

このルガーを見つけたのは思わぬ僥倖《ぎょうこう》だった。この二人を殺すのは最初から計画のうちだったが、シャベルで頭を殴っても、首をへし折ってもよかった。どっちでもうまくいっただろうが、銃ならどうか？　レッド自身の銃だったら？

完璧すぎる。

この計画がうまくいかなかったら？　まあ、そのときはもう一回、仕返しのチャンスを手に入れればいいだけのことだ。

そう考えて、シェフチェンコはにんまりした。そのあと墓の横に積み上がった土からひとすくいして、穴の中へ投げ入れると、絞り染めのシャツの一部が土に覆われた。

41

同じ日の午後、レッドはレミントンの馬房を掃除しながら、アントン・ゲージと交わした会話を頭の中で再現していた。科学と経営と環境保護活動で多大な功績を上げてきた人物だけに、その謙虚な姿勢には感銘を受けずにいられなかった。しかし、アントン・ゲージのカリスマ性が生み出す磁力から逃れてじっくり考える時間ができたいま、レッドは疑い始めた。あの男の謙虚さは、実は仮面なのではないか、下手をすると、背の高い大人が膝をついて小さな子に語りかけるような、上から目線のへりくだりなのではないのか？

この疑問を考えているうちに、外で車が止まる音がした。

グランドセントラル駅にいるような気がしてきた、と彼は胸の中でつぶやいた。ハンナかシェーン・ヘップワースのどちらかだろうと思ったが、いま来た車はグラファイトメタリック色をしたシボレーの四輪駆動ピックアップトラックだった。このトラックに見覚えはないが、運転席の顔はすぐわかった。

エム？

胸が高鳴り始め、剃《そ》っていない髭《ひげ》を無意識のうちに手で撫《な》でつけながら、急いで出迎えにいった。彼女が踏み台から降りたところでレッドはシボレーにたどり着いた。青い手術着に身を包み、いつものようにノーメイクだ。化粧の必要はない。

「やあ」彼は浮かんでくる笑みを押し戻した。冷静に振る舞いたい。

「あなたにも、やあ」

彼は微笑み、彼女も微笑んだ。二人はそこに立ったままじっと見つめ合った。話したいことはたくさんあるが、口に出せなかった。もっと悪いことに、愚かなことを言ってしまうのではないかという心配があった。そこでハッと、ここに突っ立って彼女を見つめているのも愚かなことだと気がついた。「入るか？」

エミリーは肩をすくめた。「ええ、もちろん。仕事に行くまで一時間くらいあるわ」

彼女はレッドに続いて家に入った。そこでレッドはドアを閉め、彼女は食卓の椅子を自分で引いた。「コーヒーを淹《い》れたいところだが、マシンがどこかへ行ってしまったらしい」

「あらあら」と彼女は言った。「何をおいても、代わりになるものを手に入れなくちゃ」彼女はひとつ間を置き、もっと真摯《しんし》な口調で続けた。「調子はどう？」

「問題ない。どうして？」

「なぜだと思う?」エミリーは身ぶりで彼の頭を示した。「鈍器による頭部の外傷、傷口の縫合、そのたぐいのことがあるからよ。どんな具合か確かめようと立ち寄ったの。あなたは頑固者だから医者には診《み》てもらわないし、面倒くさがりで帽子もかぶらない。かゆかった?」

「いや」と、レッドは嘘《うそ》をついた。

「かゆみ止めクリームの処方箋《せん》も書けるから言っているのよ」

「大丈夫だ」

彼女はぎょろりと目をむいた。「誰にやられたかはわかったの?」

彼は目をそらした。目に浮かんだ嘘を見抜かれるのではないかと恐れたからだ。

「ヘップワース保安官代理は、森でキャンプしているツイーカー二人の仕業だと考えている」

「ええ、悲しいことに、最近このあたりにはその手の人たちが大勢いるの。過剰摂取《OD》で何人もERに運ばれてきたわ。ほとんどは救えたけど」彼女は肩をすくめた。「彼らに窃盗《せっとう》犯罪が多いのも知ってはいるけど、暴力沙汰《ざた》の話は初めて聞いた」

レッドは関心がなさそうに生返事をした。

エミリーは視線をそらした。「彼がいないと、別の場所みたい」

「JBと過ごす時間をもっと作るべきだった。ここにいる時間を」彼がそう口にしたのはこれが初めてだった。

「ええ、そうすべきだったわね。でも、自分を責めないで。彼はあなたに負けず劣らず頑固だった。彼は選択し、あなたも選択した。ほかに何ができるというの？」彼女は手を伸ばしてレッドの手を強く握り、伸ばしたときと同じくらい素早く手を引いた。

「どうする予定？　JBみたいに二十年勤めて年金をもらって引退するの？　彼はあなたがそうすると思っていた。あなたが戻ってきて、ここを継いでくれて、そこで隠居することを願っていたと思う」

「実は、海兵隊は辞めた」

「本当に？」彼女は心配そうに眉をひそめた。「どうして？」

「込み入った事情があって」レッドは立ち上がり、椅子が床をこする音がした。「いずれにしても、次の一歩はまだ決まっていない」

「売るの？」

「それもまだ決めていない。ここでやっていくのは簡単じゃない。JBは借金を重ねていた。……どういう状況だったかわかれば、もう少し見当がつけられると思うんだが。売る以外に全額返済できる方法があるかどうかわからない」

「あなたの恋人ならきっと買い手を見つけられるわ」

レッドはさっと彼女に険しい目を向けた。「冗談だろ、エム」

「マッティ、彼女はあなたに夢中よ。美しくて、賢くて、思いやりがある……そのうえお金持ち。こんなチャンスを逃す手はない」エミリーは彼と目を合わせようとしなかった。「わたしがまだあなたに恋しているのではと心配して遠慮しているなら、安心して。つまり、マッティ、いまでもあなたのことが気になるし、友達でいたいけど、あなたの状況を楽にしたい。あなたが幸せを追求することを、わたしは祝福する」

感情の地雷原の真っ只中にいるような心地がした。関係を再燃させる気はないと、エミリーは本気で伝えようとしているのか？　それともこれは、ほかの誰でもなく彼女へ永遠の愛を誓わせるための、受動的攻撃行動なのか？

彼は大きく息を吸った。「気を悪くしないでほしいが、エム、このあたりの人たちみんなから、おれが自分で自分のことを決められない人間みたいな扱いを受けてきて、ちょっと食傷気味なんだ」

彼女は平手打ちを食ったかのようにたじろいだ。「そんなつもりじゃ――」

「ハンナに会ったのは二日前だ。彼女のことはほとんど知らない。知っているのは、彼女の家族がJBの牧場を欲しがっていて、市場価格の三倍を提示することも厭《いと》わないことだ。だが、そのためにワイアット・ゲージが殺人も厭わなかったかどうかは確信がない。なぜここがそんなに重要なのかわからないんだ」レッドは気を落ち着かせるようにもういちど息を吸った。熱がこもるにつれ脈が速くなってくる。「あの人たちのことは、神様より金持ちであることしか知らない」

エミリーは唾《つば》を飲みこんだ。「まあ、慈善活動に熱心な人たちなのは確かよ。アントン・ゲージは診療所に多額の寄付をしてくれた——おかげで最新の3Dマンモグラフィー装置も買えた。彼は郡内の企業の半分に投資をしてきたし、残りの半分には低い金利でお金を貸し付けている」

「それはいつごろからだ?」

エミリーは天井に目を上げて頭の中で計算した。「四年か……五年くらい前かしら。最初は表面下で進行している感じだった。多くの牧場がつぶれかけていた。〈ゲージ土地開発〉が買収を始めた。そのあと気がついたら、彼らはあちこちにいた。ゲージ家はもう、モンタナ州指折りの土地所有者になっているんじゃないかしら」

「理由は?」

エミリーは肩をすくめた。「不動産がいい投資対象なのは世の常ということじゃない?」

「これはただの不動産じゃない。牧場だ。家族経営の牧場がこぞってつぶれていったのは、もはや牧場経営は事業として成り立たないからだ。アントン・ゲージが厳格な完全菜食主義者《ビーガン》なのはまあ置いておこう。しかし、あの男が家畜産業に融資して利益を生み出そうとしているとはとうてい思えない。だとしたら、あれだけの土地をどうするつもりなのか?」

エミリーは首を横に振った。「自分だけの手つかずの荒野が欲しいだけかもしれない」

レッドもそれは考えた。アントン・ゲージは環境保護活動家だからそういう可能性もあるが、そこでレッドは、ブランチのときアントンが口にした〝古き良き資本主義〟という言葉を思い起こした。ゲージは環境活動家である前に実業家だ。では、その彼が本当に手に入れたがっているものは何か?

エミリーが背すじを伸ばした。「いろいろお話できて楽しかったわ、マッティ。でも、そろそろ帰らなきゃ」

レッドは彼女に目を戻した。この瞬間まで、どんなにこのままここにいてほしいか気がつかなかった。「エム、ひとつ訊いてもいいか?」

「もちろん」彼女は真顔で言った。どんな質問をしてくるのか、心から興味があるかのように。

レッドも真剣だった。

弁の立つ人間でないから、単刀直入に訊いた。「何があったんだ? どうしてこっちへ戻ってきた? 最後に聞いたとき、きみはテキサスにいた」

この質問にとまどったのか、エミリーはさっと目をそらした。「両親はこっちにいるし。もっといっしょの時間を過ごしたいと思って帰ってきたのよ」彼女は肩をすくめた。「だからここにいるの。この医学の最先端に」

レッドはまっすぐ彼女の目を見た。「きみとおれは何ひとつ解決していない。別々の道を歩んだだけで」

エミリーはかぶりを振った。「マッティ、やめて。古傷を開こうとしないで。それを縫い直すナイロン糸は持ってきていない」

〝手遅れ〟ということか。

「きみに会いにテキサスへ行こうと、何千回も考えた。特にキャンプ・ペンドルトンにいたときは」

「来るべきだったかもしれない」

「一度行った。覚えているか？」

「ええ。一度。TCU（テキサス・クリスチャン大学）の第一学期、あなたはいわゆるニューヨーク・ミニットで（瞬く間、の意）帰っていった」

「きみが相手にしてくれなかったからだ」彼は少し声の音量を上げた。「どうすればよかったんだ？」

「わたしは期末試験の真っ最中だった。最初の学期の。思いつきで来るにしても、もっとましなタイミングがありそうなものだわ」

「あなたはわたしの前からとつぜんいなくなって、いっさい連絡をよこさなかったのよ、マッティ・レッド。理由も言わずにわたしの人生から忽然《こつぜん》と消えてしまった」

「ちょっと待った――」

「きみは理由を訊かなかった」

彼女が見せた険しい顔は、いまの言い返しがどんなに的外れだったかを表していた。

「ええ、そうでしょうよ。あなたの前にひれ伏して、わたしの人生に戻ってきてって懇願すべきだったんだわ」

「JBに何があったかは知っているだろう。おれは牧場で働く必要があった。ほかのことに割ける時間はなかったし、きみは、その……」レッドは最後の言葉をのみこんだ。

これを聞いて彼女は少し怒りを和らげたようだった。「実はね、あなたとJBに何があったか知らなかったの。JBが話してくれるまでは。彼、ひどく後悔していたわ。本当言うと、彼から話を聞いたときわたしも後悔した。あなたからの連絡が途絶えたときは、わたしを捨ててほかの人に走ったんだと思ったの。胸を引き裂かれる思いだった」

レッドはどう返したものかわからず、とりあえず間違っていない気がすることを口にした。「そうか。まったく、取り返しのつかないことをしてしまった」彼は瞬《まばた》きをして目のヒリヒリ感を取り払った。

エミリーは肩をすくめた。「わたしたちはまだ子どもだった。高校時代の恋人と結婚する人なんてほとんどいない」

それは真実でも、レッドには、彼女の言い方は単純すぎる気がした。たしかに当時は若かったが、生まれてこの方、彼が心底愛した人間は三人だけで、彼女はその一人だった。

「もうしたのか？　つまり、結婚は？」

彼女は首を横に振った。「でも、何度かチャンスはあった。わたしを看護の過酷な労働から〝救い出そう〟とした医者たちがいたの——まるで、わたしに救出が必要みたいに。わたしは自分のしていることが大好き。大切な仕事よ」

レッドはうなずきかけたが、彼女の言葉が二次爆発を起こした気がした。〝わたしは自分のしていることが大好き。大切な仕事よ〟

自分も同じことを言ったかもしれない……たぶんそう言っただろう。

その結果どうなった？　みんなを失望させた。部隊の仲間を。ＪＢを、エミリーを、みんなをがっかりさせた。

いったいおれは、ここで何をしているんだ？

両手で太腿《ふともも》をぴしゃりと叩いた。「おっと、すまん。仕事に遅刻させてしまう」

彼女は動かなかった。「帰ってほしいの?」

「いや」と彼は言った。少し答えが早すぎたかもしれない。

願っているのは逆だ、と胸の中でつぶやいた。ただ、どう言ったらいいのかわからない。

モンタナに戻ってきていちばんうれしいのは彼女の近くにいられることだったが、それをどう伝えたらいいのかもわからない。

エミリーはため息をつき、テーブルの上から手を伸ばして彼の手に触れた。「マッティ、やり直しの機会って、あなたは信じる?」

メキシコで吹き飛ばされた仲間のことがパッと頭に浮かんだ。幕を引かれた自分のキャリア……自分の名誉。JBを失ったこと。すでに多くのものを失った。そのどれにもやり直しの機会はない。

彼の目に浮かんだ苦悩をエミリーは自分と彼のことと誤解したらしい。彼女の手を取ろうと彼が考える間もなく、彼女はその手を引っ込めた。そして、きまり悪そうに目をそらした。「ごめんなさい。誤解させるようなことをして」

「そうじゃなく」彼はうわずった声で言った。「どうしたらいいかわからないんだ」

「何を?」

「きみとおれのことだ」

「触れてしまったこと、許してちょうだい、マッティ。そんなつもりじゃ――」

「そういうことじゃない」

エミリーは椅子に深く体を沈めた。「だったら、どういうこと？」

レッドが口下手なのをエミリーは知っていたが、それでも、なぜか彼からはいつも言葉を引き出せる気がした。ほかの誰にもできないことだ。

「きみのことを乗り越えるには長い時間がかかった、エム。こっちで会えるとは夢にも思っていなかったし、いまは……」

「ああ、タイミングが悪くてごめんなさい」彼女の口調には皮肉がこもっていたが、彼女は言ったそばから後悔したようだ。「本当に残念だわ、マッティ。いろんなことが。わたしたちの間に起こったこと。ＪＢのこと。どれもみんな。残念でたまらない」

レッドはどう言っていいかわからず、ただうなずいた。「おれも残念で仕方ない」

「でも、あなたの言うとおりよ。もう行かなくちゃ」彼女はそう言って立ち上がった。

レッドも立ち上がった。

エミリーは玄関で足を止めた。「火曜日の五時にここで、だったわね？」

「来てくれるのか？」

「出席できるよう、シフトを交代してもらった。言ったでしょう、万難を排してうかがうって」

レッドはどうにか笑みを浮かべた。「ありがとう。感謝する」

とつぜん彼女の腕が彼に回され、胸に顔が押しつけられた。「体を大事にしてね、マッティ。あなたはいい人よ。きっと全部うまくいく。すぐにわかるわ」

レッドは彼女をぎゅっと抱きしめた。「立ち寄ってくれてありがとう」離したくなかったが、彼は離した。

「遅くなっちゃった。じゃあね」彼女はシボレーのトラックへ駆けだしたが、乗りこむ直前に足を止めて振り返った。「ねえ、マッティ?」

「うん?」

「あなたがまた出ていってしまう前に、二人で腰を落ち着けて、どこかでいっしょにコーヒーを飲むとかするって約束してくれる?」

「スターバックスの似合う男じゃない」

「だったら、新しいコーヒーメーカーを買わなくちゃ」彼女は微笑み、レッドも微笑んだ。「コーヒーじゃなくてもいい。ただ……もう一回、話ができたらうれしいの。わたしたちには話すべきことがいっぱいある気がする」

レッドはうなずいた。「約束する」

エミリーは何も言わずにそのままトラックに乗りこみ、土埃《つちぼこり》を舞わせて走り去る彼女の車をレッドは見送った。

まだ話したいことはたくさんあったが、話していたらもういちど恋に落ちていたかもしれない。いまはそれにふさわしいときじゃない。愛する人がいることは敵につけこまれる弱点にもなる。

エミリーのトラックが地平線の彼方《かなた》へ消えていくのを見ながら、レッドはワイアット・ゲージに考えを戻した。エミリーとの再会は、チャンスがあったとしても後回しにしなければ。

まずは、報復を果たしてからだ。

42

とりたてて何かあるわけでもないのに気の休まらない夜をまたひと晩過ごしたあと、レッドは早い時間に起きてレミントンを放牧地へ出した。ジーンズと清潔なTシャツに着替え、町へ向かった。まず〈コーヒー・ストップ〉という工夫のかけらもない名前の店に立ち寄って、特大サイズのコーヒーを三つとトースト・ベーグル、小さな容器に入ったクリームチーズを買い、コーヒーのうち二つをJBの古い魔法瓶にそそぎ入れた。スティルウォーター郡に大手チェーン店やフランチャイズ店はなく、スターバックスとはいかないが、レッドはこれで満足だった。

次に立ち寄ったのは裁判所だ。郡内の土地や財産を評価する税査定官事務所へまっすぐ向かった。受付の前に立ち、誰かが気づいてくれるのを待った。この体格に気づかないのは難しい。事務員の一人が机からちらっと目を上げ、驚いたふりをした。ライマメのような丸顔で、赤ん坊のような禿《は》げ頭をしている。男は幅の広い受付デスクへ急ぎ足でやってきた。

「調べたいのはどこの不動産物件でしょう?」

「不動産記録を見たいのだが」

「承知しました。そのための部署ですから」彼は太い指で襟を引っ張った。「調べたいのはどこの不動産物件でしょう?」

レッドは辛抱強い笑みを返した。「全部だ」

ゲージ家は州内のあちこちで土地を買収していた、というエミリーの言葉が頭を離れなかった。アントン・ゲージが本物のカネでモノポリーに興じるとは思えない。彼は技術者であって、不動産業者ではない。では、何のためにそれだけの土地を買ったのか?

受付で彼を出迎えた職員は不動産記録があるおおよその方向を指さしただけで、仕事があると言って、それ以上の手伝いはしなかった。

それから数時間、レッドは使われていないワークステーションのコンピュータ端末に向かい、郡と州の土地所有記録につぶさに目を通していった。控えめにではあっても彼の存在は波紋を投げかけているようだ。近くにいる職員たちはコーヒーメーカーやトイレへ向かうとき以外、仕事に忙しいふりをしていた。レッドを出迎えた職員が意を決し、何をしようとしているのか突き止めようと、そばを通り過ぎざま彼の肩越しに注意深く一瞥《いちべつ》を投げた。

レッドは画面に集中していて、背後から近づいてきた男に気がつかなかった。「失礼ですが」男が肩越しに声をかけた。「レッドさんですね？」

レッドが顔を上げると、西部風のスポーツコートを着て爪先《つまさき》の尖《とが》ったドレスブーツを履いた長身痩軀《そうく》、銀髪の男がいた。「そうだが」

「トンプソンさんの土地を相続なさいましたね？」

レッドはうなずいた。「JBは父です」

男は心持ち身を乗り出した。「郡税査定官のランダル・ショーです。今回のご不幸にお悔やみ申し上げます」彼はレッドの肩越しに視線を飛ばし、つかのま画面に目を留めた。そこには、人口まばらながらウィートランド（小麦生産地）郡という適切な名前がついた、広大な区画が映し出されていた。「何か決まったものをお探しですか？」

「単なる好奇心だ」

「お手伝いが必要でしたら、遠慮なくお申し付けください。何なりと」

「ありがとう」

ランダル・ショーは眉をひそめて事務所へ戻っていった。レッドはコンピュータに注意を戻し、調べを続けた。わかったのは、ワイアット・ゲージがモンタナ州で土地を買い始めたのは七年前、アントンの山荘を建てるための土地を購入する二年前ということだった。その後ワイアットは土地の買収を本格化させ、モンタナ州のゴールデントライアングルと呼ばれる地域の農地、特に小麦生産地に焦点を絞った。

農地？

ワイアットもアントン・ゲージも農業関連産業には従事していない。生産性の高い土壌を郊外の不毛の地に変える土地開発に手を染めているとも思えない。レッドは経済学者ではなく、どんな種類の投資家でもなかったが、グーグルで検索する方法は心得ていた。

彼の疑念は農務省のデータベースで裏付けられた。山岳地帯の農地一エーカー（約四〇〇〇平米）の平均価格は一二〇〇ドル強だ。賃貸の場合、耕作地一エーカーは九〇ドル弱、牧草地一エーカーは六ドル弱で借りられる。

数百ドル稼ぐために数百万ドルかける？

理屈に合わない。

いや、そうか？

ハンナは言っていた。彼女の父親は食糧安全保障の問題解決に尽力していて、その実現のために〈ゲージ・フードトラスト〉という慈善団体を設立したと。世界じゅうに食糧を供給する気なら、大量の農地が必要かもしれない。ほかの農業州の固定資産税記録を調べて、ゲージが同じように農地を買い入れているかどうか確かめること、と頭にメモをした。

　では、ＪＢの土地を買いたい理由は何か？　ＪＢが業務を手放すまであそこは牛の牧場として実働していた。正しく管理すれば再開できるかもしれないが、完全菜食主義者《ビーガン》を自任する人間がなぜ放牧地をごっそり手に入れようとするのか？

　近づいてくる足音が聞こえ、画面に映ったランダル・ショーに気がついた。

「レッドさん？」

　レッドはため息をついて振り向いた。

「ちょっと……残念なお知らせがあります」ショーはスポーツコートに手を入れ、印刷された封筒を取り出してレッドに渡した。

「これは？」返送先住所の上に税査定官事務所の公式ロゴがあった。

「お父様の牧場はかなりの税金を滞納していまして。先取特権が設定されています」

　レッドは閉じ蓋の下に親指の爪を入れて封筒を開いた。「ああ、そう聞いている」

「ご存じとは思いますが、先取特権は不動産を売却する際に税金を徴収する法的手段です。売却の意思がないとおっしゃるのでしたら、残念ながら、こちらの不動産は差し押さえるしかありません」

　レッドは文書を取り出した。目を細める。

「その文書にあるように、あなたの土地は先取特権を満たすための競売にかけられることになります」

「いつ？」

「明日から一週間後に」

「何だって？　そんなことがあっていいのか？　おれが通知を受けていないのは、なぜだ？」

　ランダル・ショーはあごを小さく動かして文書を示した。「それが通知書です」

「しかし、おれはまだ町に着いたばかりだ。もっと時間が必要だ」

「お気持ちはわかります。しかし、この先取特権と競売はお父様のここ数年の滞納を対象に行われるものです。あなたにとっては突然のことでしょうが、当方にとってはそうではありません」

　目を向けてはいなくても、事務所の全員が耳を傾けているのがわかった。

「これだけの支払いができる金銭的余裕はない」

「だとすれば、土地の競売を進めるしかありません」

　レッドはもういちど文書を見た。たわごと《BS》だ。

「よくない知らせの運び手になってしまい残念です。個人的な恨みはない点をご理解――」

　レッドは立ち上がった。「これは個人的な問題以外の何物でもない。ワイアット・

ゲージが関与しているんだな?」

誰か応援に来てくれないか、精神的な支えでなく物理的な支えでかまわない。ランダル・ショーはさっと部屋を見まわしたが、誰も来なかった。彼はゴクリと唾を飲みこんだ。「ゲージさんがあなたの状況に関心を表明しているのは事実です。でも、一連の行動に違法性がないことはわたしが請け合います。それどころか、わたしはこの問題にもっと早く取り組むべきところを、お父様のご病気に鑑《かんが》み――」

レッドは手紙を握りつぶして床に捨てた。ワイアット・ゲージが父親の意志を汲《く》めるのもここまでだ。「用は済んだ」

43

レッドはきしみをたてる裁判所の長い廊下を踏みしめていき、書記官室から出てきた誰かをあやうく転倒させそうになった。ジーンズにピカピカのカウボーイブーツ、バッファローチェックのシャツという服装をしたデューク・ブラントンだった。クルーカットの明るい銀髪は灰色のフェルトを使ったステットソン帽の下に隠されていた。

「やあ、若いの。何をそんなに急いでいるんだ?」ブラントンは日焼けした顔を大きくほころばせ、明るい目の目尻《めじり》にしわを寄せた。

レッドはまだ憤激に満ちていたが、弁護士の笑顔を見ていくらか体温が下がった。

「すみません、ブラントンさん」

「デュークでいい、マット」ブラントンは目を細めた。「わたしは医者ではないが、顔から察するに、でっかい猫の糞《ふん》を飲みこんできたにちがいない」

「そんなところです」

ブラントンは皮膚の硬くなった手でレッドの上腕をつかみ、出口へいざなった。

「ついてこい。治療法がどこにあるか、このブラントン医師《せんせい》はよく知っている」

レッドとブラントンは〈スペイディーズ〉のカウンターの端に腰を下ろした。追い払われるのではないかとレッドはなかば予期していたが、ジャロッドは〝入店お断りリスト〟に彼の名前を載せなかったらしい。

とりあえず、まだいまは。

ハッピーアワーにはまだ早い時間で、店には牧場労働者の服装をした男性が十五人ほどいるだけだった。レーナード・スキナードの「オン・ザ・ハント」がジュークボックスを揺らしている。ブラントンはウイスキーのショットでJBに乾杯しようと主張し、レッドは不本意ながら同意した。

「きみの親父さんに。惜しい男を亡くした」

「JBに」

二人はショットグラスを傾けてウイスキーを飲み干し、ブラントンはボゾーンのビールを注文した。「では、マット。何をあんなに怒っていたのか教えてくれないか」

レッドが打ち明けると、ブラントンはのみこんだとばかりにうなずいた。「強硬手段に出たがっている人間がいるようだな」

「ええ」とだけレッドは言った。

「まあ、物事の歩みを遅らせ、債務の清算資金を調達できるかもしれない合法的な手段はいくつかある。やってみるか？」

ハンナ・ゲージに身を売るか……ワイアットの攻撃をやめさせるようアントン・ゲージに再度訴えるかを別にすれば、レッドにもひとつだけ解決策があった。「ピックアップトラックを売るという手はあります。あれは状態もいい。三万ドルにはなるでしょう」

ブラントンは両手で持ったパイントグラスを回した。「ボーズマンでなら売れるかもしれん。だが、かならず売れるとは限らない。いまどき、それだけの現金を払える人間はそうそういない」

「自分にあるのはあれだけです」と、レッドは力なく返した。

「買い手がいないか調べてみよう」とブラントンは言った。「しかし、ここでいい助言ができなかったら、弁護士の名がすたるというものだ」

自分が気に入る助言をブラントンがしてくれるとは思えなかった。そして、思ったとおりだった。

「あの土地はきみの首にかかった石臼みたいなものだ。ＪＢの足を引っ張ったし、きみの足も引っ張るだろう。もちろん、短期的に救うことは可能かもしれないが、長期的にはどうだろう？　こっちに残って、一人で経営する気か？」

「前にやったことはある」

「力仕事はできたかもしれないが、経営の側面はやはりジム・ボブが担《にな》っていた。当時はわからなかっただろうが、あの牧場を破産から守っていたのは彼の軍人恩給だ。きみがやる場合、安全ネットなしで働くことになる。それに対して、競売前のいま売却すれば、しばらくは裕福に暮らせるだけの現金を手にして立ち去ることができる」

「ワイアット・ゲージに売る気はない」

「だったら、ほかの誰かに売れ。わたしの知り合いに何人か——」

「そいつらは適正な価格で買い取って、ゲージに転売する」レッドの声が大きくなり、バーテンダーがきつい目を向けた——ジャロッドではなく、ちょっと野暮ったい感じの四十代らしき女性だ。

ブラントンは両手を広げて降参の意を示した。「テーブル上にある選択肢を全部開けて見せているだけだ。きみがやろうとしていることには敬意を表する」

彼はビールの残りを飲み干して立ち上がり、財布を取り出してカウンターに紙幣を投げ、レッドの広い肩を叩いた。「いい考えを持ち続けることだ、マット。最後はうまくいくかもしれないからな」

レッドはうなずいた。「ごちそうさま、デューク。助言にも感謝します」

彼はブラントンが出ていくところを目で追わず、たぶんそのせいで、弁護士と入れちがいに入ってきた二人組に気づかなかった。足音が大きくなり、彼の背後で止まった。そこでようやくスツールを回した。

「やあ、マット」と、ワイアット・ゲージが言った。その後ろにローマン・シェフチェンコが立っていた。

レッドは平然としていられなかった。特に、ウクライナ人の目に憎しみがくすぶっているのが見えたときは。

「先日、父と話をしたそうだな」と、ワイアットが言った。

「いい男だ」とレッドは言った。「礼儀をわきまえている。遺伝性の体質ではなさそうだが」

「ああ、素晴らしい男さ」ワイアットは首を片方へ傾けた。「きみの土地のことを、彼はどんなふうに言っていた?」

「息子が売却を迫ったのは勇み足だった。手を出すべきじゃなかった、と」

ワイアットはレッドの横に座り、カウンターに寄りかかった。「まあ、父親というのはそういうものだ。かならず口裏を合わせるとも限らない」

「自分の父親を嘘つき呼ばわりするのか? ばか呼ばわりするのか?」二頭のライオンがたがいの周囲を回り合うところをながめている草原のガゼルのように、近くの客たちがたちまち注目し、静かに警戒しながら見守っているのを、レッドは見るというより感じた。

「おお、マッティ、マッティ、マッティ。おれの父を味方と思っているんだろうが、それはないと請け合っておこう。彼は自分以外の誰の味方でもない。きみの気分をよくするためにお愛想を言っても、それは世間が彼に抱いているイメージを守るためでしかない。本当にきみを助けたいなら、親父さんの借金を完済して、きみが成功できるよう出資したはずだ。彼はそうせず、いずれきみの家畜を買い取るなんてでたらめ《BS》を言った。そんなことをするわけがない。きみはだまされやすいクズ白人みたいにまんまと引っかかった。

　このあとどうなるか？　おれが悪役を演じ、競売にかけられたきみの土地を二束三文で買い上げる。いずれにしても、土地は父のものだ。彼の勝ち。きみの負け。そしておれの勝ちだ。なぜって、きみの背中にナイフを突き刺すのはおれだから」

「ふざけるな」

　ワイアットはただ笑った。「きみは親父さんと同じくらい愚かで、同じくらい頑固なやつだ」

「褒《ほ》め言葉と受け取っておこう」

　ワイアットの顔から笑みが消えた。彼がレッドに身を寄せたところで、ようやくレッドはスツールの上でくるりと相手のほうへ体を回した。「一度しか言わないからよく聞け。うちの事業のことを嗅《か》ぎ回っていたそうだな。何を考えているか知らないが、いまここで言っておく。やめておけ。わかったか？」

「やめなかったら？」

ワイアットはまたにやりとして、立ち上がった。「次は丁重に頼んだりしない」

「それがおまえの考える礼儀か？」

ワイアットの背後でシェフチェンコが含み笑いをした。

レッドは向き直って、体を引き戻し、カウンターに肘をついた。「ひとつだけ教えてくれ。父の土地をそんなに欲しがる《ワント・ソー・バッド》のはなぜだ？」

「バッドリー」と、シェフチェンコが言った。

「何だと？」とレッドは返した。

「〝バッド〟は形容詞だろう。動詞の〝ワント〟の修飾には副詞の〝バッドリー〟を使うのが正しい。どうしてそんなに自国語に無知なんだ？」

ワイアットがくっくっと笑った。「彼はきみより賢いと言っただろう？」

「おっしゃるとおりだ、サスカッチ（大きな足跡を残すとされる毛深い未確認生物）。おれの誤り《マイ・バッド》だった。教えてくれ、ミスター・ゲージ、どうしてそんなに《バッドリー》JBの土地が欲しいのか？」

ワイアットは歯の間から息をひと吹きし、格間《ごうま》天井をさっと見上げて考えた。「面白い質問だ。〝心には理性ではわからない理由がある〟（パスカルの言葉から）とか気の利いたせりふを吐きたいところだが、そんな哲学的なたわごとはたくさんだ。あるいは、ダーウィンの自然淘汰《とうた》説を引き合いに出して、強者は常に弱者を吸収し、優れた者が劣った者を消費する、と言うこともできる。しかし、そいつは退屈な恒真式《トートロジー》（いかなる解釈の下でも正しい論理的命題）ってものだろう？

　おれがきみの土地を欲しがる現実的な理由は自分の隣にあるからにすぎず、つまり、ある意味おれの頭の中ではもう結合した形で自分の土地になっているからだ。それに、いくらを提示しても売ろうとしないから、いっそう欲しくなる」

「人にノーと言われることに慣れていないわけだ？」

「そういえば、最後に断られて逃げきられたのはいつだったか」

　レッドはわくわくしてきた。「今日はそのすべてが逆転する日かもしれない」

　ワイアットはにやりとした。「それはどうかな。競売場でまた会おう——きみがまだ元気だったらだが」彼はくるりと向き直り、レストランの奥にある予約席へ向かった。

　シェフチェンコは動かずじっとしていた。

　レッドはワイアットの背中をあごで示した。「飼い主のお帰りだ。追いかけないと、今夜は金網の中におやつを投げ入れてもらえないぞ」

　シェフチェンコは一歩近づいてレッドを見下ろし、黒い目から憎しみが放射されていた。

これほど大きな男を間近に見たことは記憶にない。このウクライナ人は筋肉と骨と悪意でできたどでかい壁だ。前回の対決がどうなったかは覚えている。勝つには勝ったが、辛勝だった。

「もうおまえはモンタナから出ていったほうがいい」とシェフチェンコが言った。「ここには何もない。看護師をしているあの美味《うま》そうな女友達はもちろん。しかし、出ていくとして、どこへ行く？ おまえには何もないし、誰もいない」シェフチェンコはにやりとして大きな口から歯をのぞかせた。「もちろん、海兵隊に戻ることもできる……戻ることができないなら……話は別だが」

レッドは奥歯を嚙みしめた。

こいつは憶測で物を言っているのか？ それとも知っているのか？

「そうとも。黙って運命を受け入れるしかない、おまえの親父みたいに。あいつも哀れなくらい弱かった。おまえら海兵隊員は腑《ふ》抜《ぬ》けの集まりなのか。笑えたぜ、あいつが老婆みたいによろよろ足を引きずって歩くところ――」

レッドはスツールからパッと立ち上がり、大きな拳がヘルファイア・ミサイルと化してシェフチェンコのにやけた顔を直撃した。

シェフチェンコの頭が後ろへ揺れた。

ほんのわずか。

こんな一撃で男たちを倒してきた。失神させてきた。だが、シェフチェンコは並の男ではなかった。

ウクライナ人は裂けた上唇を突き破るようにして高笑いした。口のまわりにほとばしった血があごを伝い落ちて恐怖のマスクとなり、獲物を殺した熊の牙《きば》のように大きな歯を汚した。そのあと彼はクリスマスのハムくらい大きな拳を固め、裏拳でレッドを打った。レッドの目に星がひらめき、彼はよろめくようにカウンターに戻った。シェフチェンコが上体を引き、レッドのこめかみへ拳を繰り出した。

まずい。彼は胸の中でつぶやいた。かわせ。

訓練と本能のスイッチが入った。レッドは寸前で頭を引っ込めた。巨大な腕が頭上を襲い、髪に風圧が感じられた。

レッドは前へ突進し、かつてフットボール場でブロッキング・スレッドを相手に練習したときのように、ウクライナ人の胸に肩をぶち当てた。シェフチェンコはまともに食らい、二人いっしょにテーブルに激突した。椅子がキーッとこすれてひっくり返り、皿が床に落ちて、どこかから悲鳴が上がった。

シェフチェンコの肘が槍《やり》と化してレッドの背骨を貫き、レッドは脚から力が抜けて後ろへよろけた。鉄のように硬い大男の腹にパンチを返す——効果がない。シェフチエンコはレッドをドンと突き放して、また拳を振るい、これはレッドの頭のてっぺんをかすった。衝撃でレッドは床に倒れたが、拳が当たった箇所は縫い合わされた頭皮の傷から五センチほど外れていた。横に体を転がし、片腕を上げて、来るとわかっていた蹴りを防ごうとした。蹴りをそらすことには成功したが、その代償に、腕全体に焼けつくような痛みが走った。

シェフチェンコが脚を引き戻す前に、レッドは椅子をつかみ、それを支えに立ち上がった。その流れのまま椅子を斧《おの》のように頭上に振り上げ、笑っているウクライナ人の顔めがけて勢いよく振り下ろした。

攻撃を察知したシェフチェンコは前へ突進すると同時に頭を引っ込めてレッドの椅子をかわし、椅子は背中をとらえたものの威力は半減した。突進したウクライナ人の巨体が貨物列車のようにレッドに激突し、レッドは床から吹き飛んでうっと息を詰まらせた。

必死に呼吸を取り戻そうとする彼の腰に、シェフチェンコの腕がスチールバンドのように巻きつき、そのまま彼を持ち上げてテーブルに叩きつけ、皿とグラスが割れた。レッドは叩きつけられる寸前、シェフチェンコの首をつかむことに成功し、自分といっしょに相手を引き下ろした。

壊れて斜めになったテーブルによって二人とも横へ投げ出され、ドサッと床に落ちた。その勢いを利用してレッドは体を転がし、倒れた怪物の上に馬乗りになった。シェフチェンコの口元を殴ろうと拳を振り上げたが、体格に大きく勝るシェフチェンコはまっすぐ腕を伸ばしてレッドを押しのけようとした。リーチの差が大きく、打ち下ろした拳は軽く相手をとらえるにとどまった。

レッドはシェフチェンコが防御のために持ち上げた腕の内側を一撃してパンチの通り道を開け、引き戻した上体をひねってありったけの力を込め、次々とマウントパンチを繰り出した。シェフチェンコの口の端からまた血が滴《したた》ってきた。

顔面に連打を見舞ったあと、レッドは腕を引いてとどめの一撃を狙《ねら》ったが、強烈な右を放った瞬間、ウクライナ人はすっと力を抜き、腰をくねらせるように回した。

シェフチェンコは首を回し、レッドの拳が右あごの上へそれた。この瞬間、シェフチェンコは素早く両脚を持ち上げて、レッドの首に右脚を、右肩に左脚を巻きつけた。同時にレッドの右腕を抱えて絞り上げる。レッドが味わった中で最もきつい三角絞めだった。

やばい。

首に回されたシェフチェンコの右太腿がレッドの頸動脈《けいどうみゃく》を圧迫し、脳に入る血液の流れを遮断する。レッドに残された時間は三秒から五秒。その時間でどうにかしないと、眠らされて、戦いは終了する。

シェフチェンコのシャツの襟をつかみ、うめき声とともに背をそらした。頭を持ち上げる。一ミリでも動けば時間を稼げるが、シェフチェンコの脚は万力《まんりき》のように彼を絞め上げてきた。

レッドは畳《たた》んだ脚を支点に、全身全霊を込めて体をそらし、シェフチェンコを引き上げた。通常なら、体格のいいレッドがこの動きをするには何の問題もない。しかし、シェフチェンコの絞めを解くには、相手を完全に持ち上げて床に叩きつけるしかない。

筋肉が悲鳴をあげたが、レッドはシェフチェンコの襟をつかんだ指にさらに力を込めた。しっかりつかみ、視界が朦朧《もうろう》とする中、相手を持ち上げていった。目が見えていたら、床から離れるにつれてシェフチェンコの目が大きくふくらんでいくのに気がついただろう。

レッドはあとの仕事をニュートンの法則にまかせ、あらん限りの力を振り絞ってシェフチェンコを下へ叩きつけた——床が小さく揺れるほどの勢いで。

レッドは横に転がり、待ちわびた酸素を吸った。目が見えてくると、シェフチェンコが衝撃を振り払って立ち上がろうとしているのがわかった。

怪物の動きに遅れまいと、床から起き上がると同時にシェフチェンコに突進し、槍と化した体を相手の胸郭に突き刺した。そこで両者の動きは止まり、そこから店の中を転がりながらおたがい有利な体勢を得ようとした。

レッドは決断を迫られた。シェフチェンコが仰向《あおむ》け姿勢に慣れているのは明らかだ。すでに一度、ガードに引きこまれ、三角絞めで落とされかけた。それでも戦術的観点からは、マウントを取って寝技に有利なポジションを確保するのが最善だ。長年柔道をやってきた彼は仰向け姿勢にも慣れていたが、相手が体重一三五キロ超の怒れる筋肉である以上、上になるのがいちばん安全と判断した。

それだけでなく、シェフチェンコの右腕をつかまえることができたら、アメリカーナ（柔術の腕がらみの一種、別名V1アームロック）にとらえて、ウクライナ人がパンチを振るえる日々に終止符を打ってやれるかもしれない――星がチカチカする以上の痛い目を、この悪党に見せてやれる。

「レッド！」

その叫び声はワニの背中に当たる小石のように、彼の意識に当たって跳ね返った。注意をそらすほどではなかったが、集中力を削《そ》ぐには充分だった。

「レッド！　やめろ！」

制服姿の保安官代理が拳銃を抜いてレッドに狙いをつけているのが、視界の端に見えた。

「やめろ、さもないと撃つ」と、ヘップワースは怒鳴った。

レッドは銃口をぼんやり見つめ、そのあと努力の末に怒りを抑えこんだ。またしても銃を持った人間に勝利を剝奪《はくだつ》された……復讐《ふくしゅう》の機会を。ただし今回、銃に装塡《そうてん》されているのは岩塩ではなかった。

体を回してシェフチェンコから離れ、突き放して、仰向けの敵との間に距離を取った。ヘップワースの武器はレッドに向けられたままだ。

「膝をつけ」ヘップワースは絞首刑に使われる鉄環《てつかん》のように張り詰めた声で言った。「頭の後ろで手を組め」

レッドは命令に従ったが、神経系が古傷と新たな傷の痛みに襲われ、ゆっくり動いた。「わかった。銃をしまえ、シェーン。平和的にいこう」

ヘップワースは拳銃を下ろさず、銃口を定めたままレッドの後ろへ回り、右の手首に手際よく手錠をかけた。レッドにふたたび抗議するいとまを与えず、両腕を下へねじって、左手首にも手錠をかけ、背中を前へ押してうつ伏せにさせた。

「マシュー・レッド、あなたには黙秘する権利があります。あなたの話すことは法廷で――」

「自分の権利は知っている、シェーン。まったく、ただの酒場の喧嘩《けんか》だ。立たせてくれたら、引き揚げる」

「行く先は牢屋《ろうや》しかない」とヘップワースは言った。「マシュー・レッド、おまえを殺人容疑で逮捕する」

44

アントン・ゲージはリビアンのピックアップトラックの後部座席に座っていた。前の座席には運転手とともに彼の警備責任者がいた。モンタナ州スリーフォークスの北を走る狭い二車線道路の左右にゲージが所有する、広大な小麦畑の海を彼らは通りかかっていた。

実りのときを迎えた黄金色の畑が長く連なり、その上空わずか数センチのところを自動化されたパターンで正確に飛行している数十台のクアッドコプターに、ゲージの目はそそがれていた。四つの回転翼とさまざまなセンサーとカメラを備えたこのドローンは、植物の成長度合いやストレス指標、昆虫の侵入、病状などについて、ハイスループット解析用のデータを時々刻々と提供している。植物の顔認識に例えられるこの診断技術は、〈ゲージ・フードトラスト〉が世界で開発中のあらゆる穀物に適用することができる。ドローンを用いた分析は、世界的な大量植え付け計画が始まる来年、トラストが最終的にどの品種の栽培を進めるかの決定にひと役買う。徹底した研究・

開発プロセスを重ねてきた彼の研究者たちは、遺伝子操作で干ばつや虫害に強くなった超高たんぱく穀物の品種を数多くの畑に植えるよう求められていた。

ゲージは自社が開発したこのドローン技術に格別の誇りを抱いていた。このプロジェクトに、つまり、ここ十年で彼が払ってきた努力の最大の焦点である展望の第一歩に、ぐっと近づいた気がした。〈十二人《トゥウェルブ》〉の残りにはそれぞれの役割がある。しかし、この役割を担うのは自分だけだ。

宗教的な信仰は持たないが、彼の使命は精神的な深い満足感を与えてくれた。最高神ヤハウェの力で投入され、邪悪な世代に真実と裁きをもたらした古代ヘブライの預言者さながらに。

地球を救うという目標にまた一歩近づいた。

アントン・ゲージは〈ゲージ・フードトラスト研究所〉のメインラボに入り、屈託のない笑顔を見せて、机の向こうにいる屈強な警備員に声をかけた。

「久しぶりだな、ボブ。子どもたちは元気か？」

「ジェニーは今週土曜日の試合に投手として先発予定で、ビリーは宇宙《スペース》キャンプに出かけています。お気遣いいただきまして。万事順調ですか？」

「順風満帆だ」

ゲージは生体認証リーダーに手を置き、そのあと金属探知機を通り抜けた。両方をクリアし、小さな電動カートに乗りこむ。

「どちらへいらっしゃいます、ミスター・ゲージ？」とカートの運転手が尋ねた。

「第一ラボへ」

「承知しました」運転手は前もって先方に電話を入れた。彼の有名な乗客はおだやかさを絵に描いたような人物だった。

ゲージの内心はけっしておだやかでなかった。興奮を抑えきれない。みずからの手で建設した聖域へ向かい、この何年か自分が招聘《しようへい》して大祭司に任じてきた人物に会いにいくのだ。

ウィロウに会うときが来た。

ウィロウことラファエル・カルデラ博士は大画面ディスプレイの下に立ち、メキシコの診療所から送られてきた数十枚の画像をつぶさに調べていた。その目が一人の新生児の写真にそそがれた。男の子だ。

下あごがあるはずの場所から眼窩《がんか》まで伸びた奇形の口に、盲目の濁った目の大半が隠れている。

この子は数分も生きられなかった。

どの子もみな。

ウィロウの肩まで伸びたポニーテールの髪の色は、きれいに整えられたあご髭の色とそっくり同じだった。無菌室にいるわけではないので、サンダルにジーンズ、お気に入りのサッカーチームＦＣバルセロナの青とえんじ色のジャージという装いでくつろいでいた。

「レイフ、お久しぶり」部屋に入ってきたゲージがラファエルの愛称で呼びかけた。

カルデラ博士は振り向いた。「やあ、久しぶり」

二人は抱きしめ合い、背中を叩き合った。直接会うのも連絡を取るのも久方ぶりだ。大事な用件があるとき、ゲージはかならずみずからそこへ出向く。科学技術の先駆者である彼は、いかなる形の電子通信も信用していなかった。

ゲージとカルデラが初めて会ったのは十年前のことだ。ゲージは〝プライム編集〟と呼ばれるカルデラの画期的な遺伝子技術に投資した、最初で最後の人間だった。遺伝子編集ツールＣＲＩＳＰＲ《クリスパー》は遺伝子改変技術を大きく前進させたが、その必須過程は優美さとは無縁で、正確さに欠けることもあった。雑誌の文字を切り取って身代金要求の文章を作る誘拐犯のように、ＣＲＩＳＰＲは遺伝物質の鎖を〝カット・アンド・ペースト〟する。

しかし、カルデラが採用した量子跳躍的手法は、例えて言えば、遺伝子の正確な文字を探し出してそれを自在に置換、編成し直し、誤りのない完全原稿をレーザープリントする、世界最高性能のワードプロセッサーだった。

誤りがないのは、書き手が綴り方《スペリング》を知っている場合に限られる。メキシコの診療所で起きた突然変異はスペリングに関する最後のつらい教訓となった。カルデラの完璧な小説の最終章の最終行に誤植が生じたのだ。細心の分析を重ねたのち、その順序誤り《シーケンスエラー》のスペルチェックを果たした。こうして問題は解決された。

背後の大画面に映し出されたホラーショーを、ゲージはあごで示した。「なぜ自分をいじめているんだね？」

「いじめているのではない、単なる戒めだ。わたしの業種では、マクロスケールで物事を見ることはめったにない。遺伝学では、煉瓦《れんが》で遊ぶことはあっても家を見にいくことはない。こういうことが二度と起こらないとわかるのはいいことだ」

「家族は元気かい？」

「ああ、みんな元気ですよ。そちらのみなさんは？」

「順風満帆で揺るぎない。メキシコでの騒動は申し訳なかった。不愉快ではあったが、必要な措置だったので」

正体を割り出せずにいた情報漏洩源バスケスをおびき出すおとりとなることに、カルデラはあまり乗り気でなかったが、あの計略にはアメリカの襲撃チームを壊滅させせてＦＢＩに赤っ恥をかかせるという追加の利点もあった。

　ＦＢＩはしばらくカルデラを、つまり彼の分身ウィロウを追っていた。彼は少なくとも五つの異なるテロ組織が関与している、科学的基礎に基づく大量破壊兵器《ＷＭＤ》計画の資金源であり、先導役でもあると噂《うわさ》されていた。これは半分正しい。

　カルデラ博士はさまざまな兵器プログラムを開発し、謎《なぞ》の篤志家《とくしか》から提供された資金をさまざまな幽霊会社を通じて分配していたが、カルデラの素性を知らないＦＢＩには、彼が世界有数の遺伝学者であり、ゲージのプロジェクトが彼にとって最も重要な任務であることは知るべくもない。

　カルデラが指さした会議テーブルのトレイにはコーヒーとボトル入りの水が載っていた。「何か飲みますか？」カルデラは自分のグラスに精製水を注いだ。

　ゲージは椅子を引いた。「あとでいただくかもしれない。わたしに知らせがあるというお話だった」

「そう。素晴らしい知らせが。うちのチームは先天異常を引き起こしていた遺伝子配列の分離に成功した。もうあれはＧＦＴ‐17から完全に除去された」

「前進が可能になったということか？」ゲージは希望に満ちた笑顔で尋ねた。

「そう、少なくともわれわれのほうでは」彼はデジタル時計で時間を確かめた。「明日のいまごろには初期配備に充分な量を確保できるはずだ」

「三つ全部に？」

モンタナ州の〈ゲージ・フードトラスト研究所〉はさまざまな穀物を広範囲に栽培できるよう改良している三つの施設のひとつだった。モンタナの施設が小麦に特化しているのに対し、ルイジアナ州の研究所はコメに特化し、アルゼンチンのブエノスアイレスから七〇〇キロほど北西のコルドバ郊外にある施設はトウモロコシに特化している。小麦とコメとトウモロコシの三つを合わせると、世界の全カロリー摂取量の半分以上になる。世界じゅうで三つのうちのひとつ、もしくはそれ以上が消費されている。特に、高価な動物性たんぱく質を買う経済的余裕がない貧困層で。

「アルゼンチンからの帰路、金曜日にGFT‐17を届けてこよう」

ゲージは〈トゥウェルブ〉と行った最後の会議を思い出した。スケジュールの変更はまかりならんと彼らは強調した。ゲージはみずからに課した納期を守ると請け合ってきた。それを受けて彼らは、成功を確実にするための高価な約束に同意し、かけがえのない資産を投入した。それは〈トゥウェルブ〉で最も若く最も新しいメンバーであるゲージへの絶大な信任投票だった。

ゲージはにこやかな笑みを浮かべてカルデラの肩をつかんだ。「この日を忘れるな、レイフ！　飢えと人間の苦しみに永遠の終止符が打たれた日を！」

カルデラはうなずいた。

メキシコの診療所から届いた写真を最後にもういちど見てから、ゲージはスイッチを押して画面を消し、歩いて外へ向かった。

45

「ばかばかしい」レッドは両手に手錠をかけられたまま、保安官事務所のSUVの後部座席から言った。「おれは誰も殺していない」

ヘップワース保安官代理がさっと目を上げ、ルームミラーに映ったレッドの目をとらえた。「きみのために言っておくと、たぶんこの話は弁護士を同席させたうえでしたほうがいい」

「弁護士など必要ない」と言いながらレッドは既視感に見舞われた。前回弁護士を拒否したときは海兵隊でのキャリアを棒に振った。あれは誤った判断だったのか？　そうは思えない。自分が受けた処罰はむしろ軽すぎたかもしれない。しかし、今回は？　今回、自分には明確な記憶がある。「おれは誰も殺していない」

「その判断は陪審にゆだねられる。おれは証拠を追うだけだ」

「証拠って、何の？　おれは誰を殺したことになっているんだ？」

ヘップワースは噴き出した。「無料の助言をしておこう。過失致死を認めろ。レノルズ判事には、自分のものを取り戻そうとしただけで、その結果、収拾がつかなくなったのだと言え。軽い罰で出てこられる……二年か、長くても五年で」

「おれのものを取り戻す？　何のことだ？」

「きみにやつらのキャンプを見せたことで、おれも顰蹙《ひんしゅく》を買うだろうな」ヘップワースは続けた。「しかし、おれを道連れにしようなんて考えるんじゃないぞ」

「何だと？　あのツイーカーたちが？　やつらが死んだのか？」

「きみのルガーで撃たれていた。まったく信じられない。頭がほとんど吹き飛ばされていた。きみがやつらを埋めた浅い墓から、弾が掘り出されたよ」

「おれのルガーは盗まれて手元になかった。それは知っているだろう」

ヘップワースは肩をすくめた。「きみはそう言った。しかし、あれはきみの家にあった」

「おれの家に？」

「捜索令状は取った。考えているのがそのことなら」

この話にレッドはめまいを覚えた。「シェーン、おれははめられたんだ」

ふたたび肩がすくめられた。「それは裁判官に言ってくれ。おれは手を差し伸べようとした。おれにまかせろと言ったのに、きみは聞き入れず、自分の流儀でやろうとした」

とつぜん、すべての辻褄《つじつま》が合った。「おまえが仕組んだのか。ゲージの手先になって。何を約束された？　保安官の地位か？　おまえが殺したのか？　それともゲージがあのゴリラにやらせたのか？」

「そんなことを言っていると、嫌というほど長い刑期を食らうことになるぞ」

レッドはいまいましげに頭をのけぞらせた。これですべてがはっきりした。牧場への侵入、襲撃、銃の盗難……でっち上げの道具として、何も疑っていない二人が犠牲になった。「まったく驚くにはあたらない。土地を手に入れるためにJBを殺すのも厭わない連中だ。誰も恋しがらないような二人を殺すくらい屁《へ》でもない」

「誰もジム・ボブを殺しちゃいない」ヘップワースが身構えるように言った。

あとの部分が暗に認められたことにレッドは驚き、眉をひそめた。だが、ヘップワースは気にも留めなかった。レッドが売り言葉に買い言葉で言ったことだし、保安官代理には盾にできるバッジがあるからだ。

レッドの夕食はよりによって〈スペイディーズ〉から届けられた弁当だった。プルドポーク（加熱調理された豚の塊肉を細かくほぐした料理）のサンドイッチ、カップに入ったコールスロー、蠟紙《ワックスペーパー》に包まれたディル・ピクルス、そしてレイズの古典的なポテトチップスがひと袋。

「おい？　ビールはなしか？」レッドは紙袋を開けながら尋ねた。

「水道水か、焦げ臭いコーヒーか」名札に〝マキッペン〟と書かれた年配の看守が返事をよこした。「好きなほうを選べ」

「水なら間違いない」

マキッペンは離れていき、少ししてぬるい水道水を手に戻ってきた。

「おれがイェルプ（ローカル事業についての口コミ情報サイト）にレビューを書いたら、あんたらは困るだろうな」レッドはつぶやきながらカップを手に取った。

留置場に連行されてからシェーン・ヘップワースの姿はいちども見ていなかった。取り調べも正式な罪状の説明もなく、権利があるはずの電話もかけられなかった。かける相手がいるわけではなかったが。

レッドは夕食を食べながら、ヘップワースが言ったことをゆっくり考えた。

〝誰もジム・ボブを殺しちゃいない〟

ＪＢが殺害されたという考えに本気で憤っている口ぶりだった。自分の言ったことを真実と信じているかのように。つまり、ヘップワースはＪＢ殺害計画に関与していないということだ。ほかのみんなと同じようにだまされているのだ。しかし、ＪＢはレミントンの横に倒れていたという彼の話が本当なら、ＪＢの携帯電話はどうなったのか？

その電話を見つけられたら、ワイアット・ゲージがＪＢを殺害した証拠になるかもしれない。

この狭い独房に閉じこめられているあいだ、ずっとそのことが気になっていた。

下手をすると、今後二十年間をモンタナ州の刑務所に収監されたまま過ごすはめになるかもしれない。

ここから出る必要がある、とレッドは自分に言い聞かせた。しかし、どうすれば出られるのか途方に暮れていた。

46

父親の山荘からさほど遠くない〈ダンシング・エルク牧場〉のワイアット邸には、床から天井までの大きなガラス窓から光が煌々《こうこう》と輝いていた。月光の中では黒く見える広大な緑の森を見晴らす灯台のように。

ハンナはタイヤをスリップさせてこの家の前にGレックスを急停止させ、階段を勢いよく駆け上がった。最上階の主居住区へ猛然と駆けていくと、ガンガン響くラップ音楽の壁にぶつかり、音に体を打たれる心地がした。踏み板と踏み板の間に蹴込み板がないフローティング階段を二段ずつ上がりながら、悪態をつき、この不快な音が馬たちや周囲の森の野生動物に悪い影響を与えないか心配になった。

最上階の踊り場へ着くと、目の前に広々とした居住区が広がっていた。革張りの巨大なユニットカウチの上で半裸のカップルたちが絡み合っていた。服装の段階もさまざまに、薬物がもたらす意識変容のさまざまな段階でそれぞれの行為にふけっている――頭上の巨大なデジタルプロジェクターからスクリーンに投影されている渦巻き模様の映像に目を釘《くぎ》づけにしながら。

アフリカや北米で狩られた大型狩猟動物の頭部が絞首刑を言い渡す陪審員のように壁の上から見ていたが、ハンナはそれを見ようとしなかった。どれもワイアット自身の手で、もっと正確に言えば彼の高性能ライフルと長距離スコープで虐殺されたなれの果てだ。

カウチのひとつを通り過ぎようとしたとき、彼女の手をつかもうと手が伸びてきたが、彼女は歩調を乱すことなく振り払った。外のベランダとそこでイエローストーンの熱水泉のように夜の冷気に湯気を立てている巨大な湯船へ、彼女はまっすぐ向かった。

ワイアットは首に巨大な金の鎖をかけてバスタブに体を横たえ、その膝の上に中国系の若く豊満な女性がしなだれかかっていた。ワイアットが彼女の耳元で何事かささやき、ハンナが近づいたとき女性は忍び笑いを漏らした。

「まったく、ワイアット」

ワイアットは異母妹のほうへ顔を向けた。何度かまばたきをした。湯気を払ったのか、それとも、払ったのは脳内の化学物質の霧だったのか。目の前にいるのが誰かようやくわかったらしく、ギラギラした目が大きく見開かれた。

「おや、これはこれは、妹君《シスター》。まあ、どうぞ。空間はたくさんある」

膝の上の女性がまた忍び笑いを漏らした。

ハンナは冷たい目で女をじろりと見た。「走開《ツォウ・カイ》、妓女《チーヌウ》」中国語で〝出ていけ、売女《ばいた》〟という意味だ。

女は泡風呂の中でパッと直立し、おびえた表情でワイアットに指示を求めた。ワイアットは眉をひそめ、手を振る仕草で女を追い払った。女は急いで湯船から上がり、タオルを巻いて家の中へ消えていった。

「やれやれ、ひどいことをしちまったな」ワイアットが頭を後ろに倒したまま言った。「何が問題なんだ?」

彼は返事を待たずに湯船から上がった。歩いてガラステーブルへ向かい、ダーク色のドレスパンツを手に取って素早く穿《は》いた。

ハンナは彼の後を追った。テーブルではロウソクの炎が揺らめいて小さな鏡を照らし、雪のように白い粉がまっすぐ並べられていた。彼は椅子のひとつに腰かけた。

ハンナはテーブルを挟んで彼と向き合った。「何が問題か、あなたはちゃんと知っている。あなたは本当にばかね、ワイアット」

「そして、きみは場を白けさせるやつだ。さあ。昔みたいにいっしょに二列やったら、きみを悩ませている問題なんかたいしたことないとわかるさ」

ワイアットは前かがみになって、ガラス管でコカインのラインを吸引した。目を閉じて体を起こし、恍惚《こうこつ》とした表情で口を開く。「おお、すごい！」彼は犬のように全身を震わせ、笑い声とともに顔をほころばせた。大満足とばかりに。

ハンナはテーブルの上で片手を振ってコカインの粉を拡散させ、ロウソクの熱い蠟《ろう》をうっかり異母兄のズボンにかけてしまった。

彼は椅子から飛びのいた。「何をする？」

「あなたこそ、何をしたの、ワイアット？」

「何の話だ？」

「〝バッファロー戦士〟の二人が森で射殺された。マシュー・レッドが殺人容疑で収監されたけど、彼が犯人でないのはあなたもわたしも知っている。殺したのは、あなた？」

ワイアットはハンナをにらみつけた。「よくもそんな――」

「黙ってわたしの質問に答えて」

「もちろん、おれは殺してない」

「じゃあ、ローマン？」

「ハンナ――」

「あの男ね。レッドに仕返しするため、彼があの子たちを殺した。うちにどんな被害が及ぶか、わかっているの？」

ワイアットはぎょろりと目をむいた。「心配しすぎだ、シス」

彼女は首を横に振った。「マットは絶対に黙っていない。自分をはめるためにあなたがやったのだって主張する。そんな注目を受ける必要は、うちにはないでしょう、ワイアット。父さんにそんな注目を受ける必要はない」

「そいつは傑作だ。これはわれらが聖なる父、アントン神の評判の問題じゃない。五つの郡でただ一人自分を口説こうとしなかったレッドと寝たがっている、きみ個人の問題だ」ワイアットは拒絶の仕草を見せたあと、ズボンの太腿から注意深く蠟をはがし始めた。

「あなたは自分が何を言っているか、わかっていない」

「へえ、わかっていないって？　おれたちは同じ病気を受け継いでいる。ゲージ家の原罪を。手に入らないものを欲しがる。そして何が何でも手に入れる」彼はまたハンナから目をそらし、デッキの奥に置かれた長いビュッフェテーブルに視線を落とした。父親の専属シェフのエリカが若い官能的なウェイトレス二人とテーブルの向こうに立っていた。「ちくしょう、腹が減った」

彼はテーブルのほうへ足を踏み出し、ハンナがあとを追った。「ワイアット。話はまだ終わっていない」

「わかっているが、面倒くさい」彼は山盛りのフライドチキンと焼きたての友三角《トライチップ》を指さした。給仕たちはそれに応じ、彼が変な顔をしてみせると忍び笑いを漏らした。

「話し合う必要がある」ハンナはワイアットの腕をつかみ、彼の皿をひっくり返しそうになった。「二人で」

「いいとも」彼はシャンパンフルートをつかんだ。「おれのオフィスへ行こう」

兄が悠然と机の向こうに座るのを待って、ハンナは最後通牒《つうちょう》を伝えた。「ワイアット、この状況を修復して」

ワイアットは親指と人差し指で皿からトライチップをつまみ、口に放りこんだ。

「どうしろと言うんだ？　聞かせてもらおうじゃないか」

「シェーン・ヘップワースはあなたの指図で動いているのよね。彼にレッドを釈放するよう言って」

「なぜ自分で言わないんだ？」とワイアットは返し、いたずらっぽい笑みを浮かべた。「そういや、やつの欲しいものをきみが与えたとき、やつは言いなりになっていたっけな。ああ、しかし待てよ。きみがいっしょにいたいのはレッドのほうだ。シェーンのやつ、さぞかし悔しがるだろう」

「レッドを自由の身にして。それと、彼の土地を奪い取ろうとするのをやめて」

ワイアットはむきだしの胸に両手を押し当て、〝え？　おれが？〟という身ぶりをした。「あいつが税金を払えないのは、おれのせいじゃない」

「彼の税金はわたしが払う」

「どうして？　あいつがここに残るようにか？　あいつがあの薄汚いちんけな牧場でどうにかやっていけるようになって、きみと恋に落ち、二人でいつまでも幸せに暮らしましたとさ、となるからか？」ワイアットは笑った。「ああ、気色悪い」

「まだわからないの？　これはわたしの問題でもあなたの問題でもない。父さんの問題よ。父さんの評判を傷つけてはいけない。彼の仕事はあまりに重要すぎる」

「大丈夫、彼の仕事が重要すぎるのはちゃんとわかってる。それは彼の人生の何より、あるいは、きみの人生やおれの人生の何より大事なことだった。おれたちの母親二人が証言者だ」

ハンナは顔をしかめた。「マシュー・レッドは無実よ。いずれ検察はそれに気がつき、彼は釈放される。そしたら、彼はあなたのところへやってくる」

「うほ、おっかない！」

「レッドをなめてかかっちゃだめ。そこらのまぬけなカウボーイとはちがうのよ。海兵隊レイダースがどんな人たちか、あなたは知っているの？　わたしは調べた。えり抜きの中のえり抜きよ。レッドはその一人なの」

「マシュー・レッドのことは心配していない」ワイアットは皿からもうひとつまみし

て、考えこむような表情で噛みしめ、机の上に身を乗り出して電話機のインターホンのボタンを押した。「ローマン、こっちへ来てくれないか」

その言葉が発せられるや否や、内側のドアが開いてシェフチェンコがそこを通り抜けてきた。レッドとの最新の格闘でできたあざと擦り傷がハンナには見えた。

ワイアットは用心棒を見上げた。「ローマン、ハンナはマシュー・レッドがおれに害を及ぼそうとするんじゃないかと心配しているんだ。きみはどう思う？」

「あの男が試すところを見たいですね」

ワイアットは笑った。「ほらな」

ハンナは彼をにらみつけた。「あなた、わたしの言ったことを全然聞いてなかったでしょう？　父さんの言うとおりだわ」

「もちろん、おれは父さんの言うとおりの男だ。彼はすべてにおいて正しい。きみと同じく天才だ。きみが彼の理想の天使で、おれが忘れ去られて久しいザラザラの絨《じゅう》毯《たん》でしかないのは、だからなのさ」

「あなたが何もかも台無しにするのを放置するわけにはいかない。こんなことで」

「どういう意味だ、それは？」

ハンナは口元に笑みを浮かべた。「夕食を楽しんで、親愛なるお兄《ブラザー》さま」

彼女が立ち去ろうとして向き直ると、シェフチェンコが死んだサメのような目で彼女を見ていた。

彼女はその視線を受け止めた。

ウクライナ人はほとんど気がつかないくらいの、かすかなうなずきをよこした。

47

ワシントンDC

この日の午後、レイチェル・カルプは非公開の小委員会で証言することになっていた。第一に考えるべきはその準備のはずなのに、このとき彼女が考えていたのは、なぜギャビン・クラインが携帯電話に応答しないのかという疑問だった。最初は、ドゥーデクが殺害されてから彼は姿を見せていない。最初は、ドゥーデクの私生活を探ってウィロウにつながる次の環を見つけるという新たな任務の遂行に忙殺されているだけかと思っていた。しかし、二十四時間経っても出勤した形跡がなく、少し心配になってきた。

自分の携帯電話を手に取り、彼のオフィスにダイヤルした。

「FBI特別別館。エイミーです。ご用を承ります」

「次官補のカルプです、クライン捜査官を」

「こんにちは、カルプさん。申し訳ありませんが、クライン捜査官は不在です」

「知っています。彼に連絡を取ろうとしてきました。携帯電話にかけても出ないので」

「オフィスには来ません。何日か有給休暇を取っておりまして」

有給休暇？　カルプの血圧が急上昇した。この悪夢のさなかに？　カルプは声に怒りがこもらないようかろうじて抑えこんだ。「どこへ行ったかはわかっているの？」

「確認します」

電話の向こうでキーを叩く音がした。

「はい、わかりました。モンタナ州ウェリントンへ向かっています」

カルプはまた血圧の急上昇を感じた。「モンタナと言った？」

「はい」

「理由は言っていたの？　つまり、有給休暇という以外に？」

「いいえ」

「では、彼から連絡があったら、わたしが探していると伝えてちょうだい」

「承知しました」

彼女は通話を切ると、指で机を叩きながら考え始めた。何を企んでいるの、ギャビン？

彼女にはドアを蹴破る女という評判が確立されていた。彼女に脅されおびえた男たちは彼女を無鉄砲なカウボーイと呼んだ。半分は正しい。彼らが理解していないのは、彼女は無鉄砲でないことだ。断じてちがう。かならず下調べをする。突入するなら、誰と何に立ち向かうのかを熟知していなければいけない。

運を信じたことはない。

しかし、彼女に別の強みがあるとしたら、それは直感力だ。論理的な戦術判断でそれしかないと思えばドアを蹴破るかもしれないが、脳の辺縁系だかトカゲ脳だかが隅々に潜む危険の察知に役立っている。

いま察知しているように。

クラインが本当に有給休暇を取っているかと言えば、まったく疑わしい。何かを、ほかのみんなが見逃していた手がかりを見つけ、それが彼をモンタナ州へと導いたのだ。

彼女は自分の助手に電話をかけて、午前中は電話を取り次がないよう命じ、パソコンを開いてウィロウに関連する情報をすべて引き出した。

答えに手が届きそうで届かない。感触はあった。答えはこのバーチャル事件簿《ケースファイル》の山の、どこかに埋もれている。

レイチェル・カルプは一分間に千二百語を読んでほぼ完璧に記憶することができる。

おかげでほとんど勉強することなく大学を楽々首席で卒業し、クワンティコも首席で卒業した。

ウィロウの事件簿の大半を読むのにさほど時間はかからなかった。彼女が探していたのは、悲惨な結果に終わった襲撃作戦の前に無断《U》欠勤《A》した、あの愚かな海兵隊員の名前だった。

レッド、マシュー、J。これを見つけて、DD214（国防総省が発行する兵役からの退職証明書）その他の軍務記録をスクロールしていった。

出生地——ミシガン州デトロイト。

スキャンを続けた。海兵隊入隊前の最終住所は？

モンタナ州ウェリントン。

とてつもない偶然だ。

レイチェル・カルプは偶然を好まない。

彼女は事件簿を閉じ、ステファニー・トレッドウェイに電話をかけるため、自分の携帯電話を手に取った。留守電に切り替わった。カルプは眉をひそめた。厳密に言えば、トレッドウェイはクラインの部下であり、自分にとっては間接的な部下でしかないが、トレッドウェイが彼女の電話に出られない理由はどこにもない。

しかし、もし……

その考えが芽を吹き、根を張って花を咲かせたところで、彼女は結論に達した。
クライン、あのろくでなし。

48

モンタナ州

　また切れぎれに眠っていたレッドは独房の扉の鍵《かぎ》がたてたジャラッという音で目を覚ました。簡易ベッドの上の小さなガラス窓に見える薄明かりから判断して、まだ早朝のようだ。

　扉が開いた。そこにブラックウッド保安官が立っていた。服はよれよれで、髭も剃っていない。

「お客さんだ」と保安官は言い、独房から受付へ戻っていった。

　カーハートの茶色いコートに色あせたジーンズという服装でローレンス牧師が独房へ入ってきたところで、レッドは上半身を起こし、目をこすった。牧師はシャワーを浴びたあとらしく、ふさふさの白髪は湿っていたが、指の爪にはまだ油がこびりついていた。

レッドは眉をひそめた。「こんなところで何をしているんですか?」

エミリーが父親の直後に続いた。コートの下に看護師用の手術着が見える。

彼女が入ってくると、レッドは立ち上がった。「あ、やあ」彼は気まずそうに周囲を見まわし、空いている簡易ベッドを指さした。「座るか?」

「お気遣いなく」とエミリーは言った。彼女の目はレッドの顔の大きなあざと、手と腕の小さなあざを見ているようだ。

レッドは肩をすくめた。「なんとか」と言い、独房の残りの部分をあごで示した。

「もっといいものも見てきたし、もっと悪いものも見てきた」

「縫った跡はどう?」

「ゆうべ確かめた。どこも問題ない。いい仕事だったよ」とレッドは言い、にやりと笑ってみせた。

エミリーは笑わなかった。「医者に診てもらう必要がある」

「どうして? きみがいるじゃないか」

「ハニー、トラックを回してきてくれないか?」と、ローレンスが言った。「マシューに話がある」

「わかった」エミリーは気の毒そうにレッドを見てからトラックを回しに行った。

娘がいなくなったところで、ローレンスはレッドに歩み寄ったが、レッドの目の奥をのぞきこむためには見上げなければならなかった。「きみの質問に答えるなら、マシュー、ここへ来たのはきみを保釈させるためだ」

「なぜそんなことを？」

「野生動物は檻《おり》に入れておくに越したことはないが、今日のジム・ボブ・トンプソンの追悼《ついとう》式でわたしが説教をしているあいだ、不肖の息子を刑務所《ムショ》に座らせておくわけにはいかないのでね」

レッドは恥じたように目を閉じた。すっかり忘れていた。彼は思わず悪態の言葉を漏らした。

「言葉に気をつけろ」

罪悪感に衝《つ》かれてレッドは目を開いた。「おっしゃるとおり。申し訳ない」

「わたしはキリスト教徒だが、マシュー、ずっとそうだったわけじゃない。若いころは道楽もしたが、それを誇りに思ってはいない。それでも、そこからひとつやふたつは学んだことがある。きみのような男たちと知り合ってきた。ＪＢの牧場に現れたときのきみは問題児だったし、十代のときも問題児で、いまも問題児だ」

レッドは硬直した。たぶんローレンスの言うとおりだろうが、それでも胸が痛い。

「しかし、人殺しではない」とローレンスは続けた。「殺人に使われたきみの銃からは指紋がきれいに拭《ふ》き取られていた。よく考えたら、あまり意味のないことだ。盗まれたと主張している銃の指紋を拭き取り、誰かが見つけられるように家に置いておく理由がどこにある？　いまのところ、地方検事はまだ、たぶんきみの犯行と考えているが、銃にきみの指紋がない以上、有罪の論証はできないとデューク・ブラントンが説得した。きみは釈放され、今後の捜査の結果が出るのを待つことになるが、デュークはこれでこの件は落着すると考えているようだ」

自分の無実はわかっていても、安堵《あんど》の波が押し寄せてきた。「ブラントンが関与したのはなぜですか？」

「きみが逮捕されたと聞き、みずから買って出た。刑法は彼の専門分野ではないが、必要最低限のことは知っている」

「忘れず礼を言っておきます」

ローレンスはうなずいた。「さあ、出よう」

49

レッドはバスルームの鏡の前に立って、紫色になりかけている上半身のあざを調べた。肋骨《ろっこつ》は触ると痛いが呼吸に支障はないし、折れてもいないようだ。ほかにも痛めた箇所がかなりありそうだった。それから三十分、湯気の立つ熱い湯で留置場の悪臭を洗い流し、痛む箇所をマッサージしながら、特別効き目が強いタイレノールのカプセル錠が効いてくるのを待った。

シャワーを浴びるとかならず集中力が高まり、思考が明晰《めいせき》になる。行方不明になっているJBの携帯電話が彼の死の謎を解く最も有力な手がかりという考えに、レッドは戻っていった。追悼式までまだ八時間ほどあり、携帯電話の在りかを突き止めるために必要な情報を調べるには充分だ。

タオルで体を拭いて服を着ると、JBの机の前に座り、引き出しから小さなリング綴《と》じバインダーを取り出した。レッドの記憶にあるかぎり、JBはそこにパスワードを保管していた。バインダーを開くと、JBのAOLアカウントとその後のネットスケープ――どんなものかは知らないが――など、いくつかのパスワードが記されていた。一覧を指でなぞりながらＧｍａｉｌアカウントを探していった。ＪＢがメールを使うことはめったになかったが、メールアドレスをしつこく訊かれたとき〝持ってない〟と言わずにすむよう、そのアカウントを作成したのだ。

もし携帯電話の位置情報サービスが有効で、もしＪＢがグーグルマップを使っていたら、追跡できる可能性がある。

おそろしく大きな〝もし〟ではあるが。

何ページかめくったところでグーグル・アカウント情報に出くわした。パスワードはＭＡＴＴＹ＊＊ＲＥＤＤ。

レッドはため息をついた。デジタル・セキュリティの観点から、こういう想像がつきやすいパスワードを使うのは望ましくないが、ＪＢ本人の手で書かれたパスワードを見ることは、レッドにとって大きな意味があった。

自分のｉＰｈｏｎｅでグーグルを開いてログアウトし、ＪＢの詳細情報を入力してログインし直した。キーを打つあいだ、ＪＢの位置情報サービスが有効になっていますようにと祈った。初期設定では有効になっているから、無効にするにはＪＢがこのサービスを探して無効化の手続きを実行する必要があり、実行した可能性もしなかった可能性もある。養父はコンピュータに詳しかったわけではないが、愚か者ではなかった。レッドはずっと前から自分の携帯電話でこの機能を無効にしていて、ＪＢにもそうするよう助言したことを思い出し、心が沈んだ。

グーグルマップタイムラインが画面に表示され、ＪＢの携帯電話があった場所を示したとき、レッドは安堵の吐息をついた。

いちばん大事なのは最後の場所だ。レッドに助けを求めてきた日のはずだから。

だが、そうではなかった。最後の場所はＪＢの遺体が発見された翌日になっていた。

レッドはその場所を拡大し、基準点を見つけるために縮小し直した。

わかった。

50

レッドは右へ急カーブを切って連絡道路に乗り、ラプターの鼻面を〈ダンシング・エルク牧場〉のゲートへまっすぐ向けた。大きなピックアップトラックは接地を求めて後部を左右に振りながら、タイヤで土と石をはね上げていった。例の錬鉄製ゲートを通り抜ける方法はなく、それを阻もうとする警備員を撃つ銃もない。何とでもなれ。スロットルを床板まで踏みこんだ。

ラプターもひとつの武器だ。

これは訓練を受けてきたやり方ではない。情報を集め、目標を評価し、必要な資源《リソース》を決め、スケジュールを設定し、計画を立て、戦術的に任務を遂行するのが標準手続き《SOP》だ。

しかし、そのすべてが思考の窓から飛んでいこうとしていた。

素手でワイアット・ゲージを殺す。それしか考えられなかった。

しかし近づくにつれてゲートが開いているのがわかり、車から見えるかぎりでは警備員もいなかった。

運を信じているわけではないが、贈り物にケチをつける気もない。ラプターは開け放たれたゲートを勢いよく通り抜け、未舗装道路を猛然と駆け上がって居住区域へ向かった。角を曲がったところで、反対方向から来た救急車と鉢合わせしかけた。とっさにブレーキを踏みこみ、道端へハンドルを切って衝突を回避した。救急車はほんの一瞬、急ブレーキをかけただけでそのまま先へ進んでいった。レッドがしばらくそっちを見つめてから家のほうへ目を戻すと、郡保安官の車が二台と、ゲージの警備員が使っている見慣れた車が何台もあった。レッドはその並びに車を駐めた。

警備員の一団が玄関ポーチに立っていて、ラプターから飛び降りてきたレッドに目を凝らした。前の階段を二段ずつ駆け上がったが、警備の二人が行く手を阻もうと壁をつくった。

「すみませんが、家族の方しか――」

レッドは改札の回転ゲートのように二人を押しのけて中へ向かった。

警備員二人があとを追う。

騒がしい場所へ続く階段にレッドのブーツが達したところで、一人が追いついた。レッドの肩をつかむ。

「不法侵入で――」

レッドは振り返りざま、男のあごを殴ってぶっ倒した。男は気絶した。

もう一人が拳銃に手を伸ばしたが、それがホルスターに届いたところで、レッドの大きな手が相手の手を覆った。警備員はもう片方の手でレッドの頭に力ないパンチを放ったが、レッドはひょいと頭を引っ込めてかわし、頭突きを食らわせた。男がひっくり返る。折れた鼻から血が噴き出し、拳銃はレッドの手に握られていた。

レッドは男を指さし、「動くな」と命じた。

なめらかな一連の動作でマガジンリリースを押して弾倉を抜き、薬室内の弾丸を抜いてから、銃を床に投げ捨てた。

体の向きを変えて、階段を二段ずつ駆け上がった。踊り場を見上げると、ヘップワースの拳銃が彼の顔に狙いをつけていた。

レッドはぴたりと足を止めた。ゆっくり両手を上げて降参の意を示した。

「どうも、悪い癖になってきたな」と保安官代理は言った。拳銃は小揺るぎもしない。

「ここで何をしている？」

「ワイアットはどこだ？」

「ひと足ちがいだったな。車で〈ピット＝ベイトマン〉へ向かっている」

レッドは面食らった。「死んだのか？　どうして？」

ヘップワースは階段の下で身をよじっている警備員をちらりと見た。カップ状に丸めた手で血まみれの顔を覆っている。ヘップワースは銃をホルスターに収めた。「何をそんなに熱くなっているんだ？」

「ワイアットに……用があった」

「本当か？」

「おれがワイアットを殺したとでも言いたいのか？」

ヘップワースは陰気な含み笑いを漏らした。「来い。どこで発見されたか教えてやる」

ヘップワースはレッドにそのまま階段を上がってくるよう手招きし、先に立って居住区へ向かった。大きなリビングは警察の手入れがあったあとらしく、着なくなった服、空の酒瓶、煙草の吸い殻が詰まった灰皿、不要になった麻薬の手回り品が散乱していた。焦げた大麻とセックスのにおいが空気中に漂っている。

乾いた嘔吐《おうと》物がついている白い革張りのカウチをヘップワースが指さした。「ワイアットはそこにいた。過剰摂取《OD》だ。もちろん、確認には薬物検査と検視を待つ必要がある。でも、おれが見た状況だけで充分だ。彼はヘビーユーザーであることをみずから証明した」

レッドはどう考えたらいいかわからなかった。ワイアットを殺してやりたいと思っていたが、謎の解明もしたかった。これで自分の疑問には永遠に答えが出なくなる。

後ろから、おびえと怒りが相半ばしている聞き慣れた声が階段を上がってきて、ほどなくハンナの姿が踊り場に現れた。

「兄はどこ?」

ヘップワースはステットソン帽を脱いだ。「言いにくいことですが、ミス・ゲージ、今朝、お兄さんが亡くなっているのを発見しました。ここで」

ハンナは目を大きく見開き、涙を湧《わ》き上がらせた。卒倒しそうな感じだったが、懸命に自制に努めていた。その表情がようやく和らぎ、彼女は手で鼻をぬぐった。「どうしてこんなことに?」

「過剰摂取のようです」

「どこに運ばれたの?」

「葬儀場へ。そこで検視を行います」

ハンナは部屋を見まわした。「いずれこうなる運命だった。リハビリに二度失敗していて。もう大丈夫だと父に請け合っていたのに」

「お悔やみ申し上げます、残念でなりません、ミス・ゲージ」

「本当に? 心からそう思う?」

「もちろんです」

「兄は愚かだった」

「お兄さんとは友達でした」

「あなたの友達は愚か者で――」と言ったところで彼女は泣き崩れた。ヘップワースはすかさず腕を回して彼女を抱きしめた。

レッドはどうしたらいいのかわからず、しばらく二人を見つめていた。

JBのiPhoneはこの家から一〇〇メートル圏内のどこかから最後の発信をしていた。法廷で有効と認められるたぐいの証拠ではなくても、レッドにとってはワイアット・ゲージがJBを殺害したことを示すに充分な証拠だった。

しかし、ワイアットは死んだ。正義の裁きとはいかなかったが、これ以上は望みようがない。あとはJBに別れを告げるだけだ。

ハンナを抱きかかえているヘップワースにうなずきを送り、踵《きびす》を返して階段へ向かった。

レッドが帰ったあと、ハンナは気を落ち着け直し、袖《そで》で涙をぬぐった。

「お父さんに電話して知らせようか?」とシェーンが尋ねた。

「いいえ、それはわたしがする。わたしからしたほうがいい」彼女は笑みを浮かべて、また涙をぬぐった。「ありがとう」

「いいんだ。何かできることがあったら何でも言ってくれ」

彼女はうなずいた。

そのあと声を落として言った。「何かあったら」


ヘップワースはレッドが倒した警備員二人に暴行罪で訴えるかどうか確認した。そうすることを彼は願っていた。マシュー・レッドは狂犬で、監禁するか……鎮圧する必要がある。警備員二人は断った。大柄な元海兵隊員に手もなくひねられたことを恥じているらしい。

彼がハンナを最後にもう一度ちらっと見ると、彼女は彼に背を向けて携帯電話を耳に当てていた。

ああ、この女がどんなに欲しいか。


ワイアットに何があったか、ハンナは細大漏らさず父親に報告した。

アントン・ゲージは詳細な説明と電話に感謝したあと、すぐ電話を切らなければならないと詫《わ》びた。彼にはこれから重要な仕事があった。

それに、ワイアットが死んだのは意外なことではなかった――まったくと言っていいくらい。

51

レッドはローレンス牧師夫妻といっしょに玄関ポーチに立っていた。彼が着ているカーハートの黒い長袖シャツにはまだ折り目がついていた。この日の午後、ラレードの新しいカウボーイブーツといっしょに買ってきた。白のスナップボタンがついた断裂防止《リップストップ》シャツはホーマンの店で買ったもので、黒色で礼儀にかない彼の肩幅に合うという条件を満たす服はこれだけだった。本当は海兵隊の軍服を着たかった。それができないわけをJBが理解してくれますように、と彼は祈った。

庭にはトラックと車が十数台駐まっていた。そのほとんどはローレンスが厳選して招待した一団のものだ。彼らは家の裏庭でエミリーのもてなしを受けながら、礼拝の開始を待っていた。しかし、直近に到着したのは配達の車だった。運転手がピックアップトラックの荷台から緑のアルファルファ一俵《いっぴょう》を下ろし、鞍《くら》をつけて柵《さく》の柱につながれているレミントンのところへ運んだ。アルファルファの甘い香りを嗅いで、馬は鼻孔を広げた。

ってきた。

トラックに同乗してきた女性が明るい色の大きな花束を抱え、家の前の階段を上が

「レッドさんですか？　これをお届けにあがりました」と、ポーチに着いたところで女性は言った。巨大なガラスの花瓶を彼に手渡す。「心よりお悔やみを申し上げます」

「きれい」と、ローレンス夫人が言った。

「これは誰から？」と、レッドは尋ねた。

「カードがついています」花屋の女性は悲しげな微笑を浮かべた。「ご愁傷さまでした。ジム・ボブは本当にいい方でした」

「ありがとうございます」レッドは会釈をした。小さなガーデンテーブルに花束を置き、カードを取り出した。

「何て書いてあるの？」と、ローレンス夫人が訊いた。

「〝わたしたちの友人、ジム・ボブ・トンプソンの思い出に。心からお悔やみを申し上げます。あなたの友人、ゲージ家より〟」女性らしい手書きの字だ。

花屋かハンナが書いたものだろう。

「優しい心遣いだわ。特に……」と、ローレンス夫人は声を詰まらせた。スティルウォーター郡ではワイアットの訃報が燎原《りょうげん》の火のように広がっていた。

「神様からの最もかけがえのない贈り物を浪費してしまうとは……」と、ローレンス

が悲しげに言った。

「まったく。文字どおりのクズだ」と、レッドは言った。

牧師が彼に厳しい眼差《まなざ》しを向けた。

レッドは気づかないふりをした。「いつになったらショーは始まるんだ？」

ローレンス牧師は道路を上がってくる砂煙のほうをあごで示した。「これで、すぐにも」

レッドが見つめる中、青いSUVが一台、猛然と庭へ入ってきて、ピックアップトラック二台に挟まれた空きスペースに素早く駐車した。

運転手が前の座席からスーツの上着を手に取って羽織った。見るからに急ぎ足でポーチへ歩いてくる。

「なぜ彼がここに？」と、レッドが尋ねた。

「わたしが招いたからだ」とローレンスが答えた。

「なぜそんなことを？」

ローレンスは階段を上る男を指さし、声を押し殺してささやいた。「彼はきみの父親だからだ。そして、ジム・ボブの友人でもある」

レッドは首を振った。彼に言わせれば、自分の父親は死んでもうこの世にいない。近づいてくる男は二十七年前に母親を孕《はら》ませたかもしれないが、それだけのことだ。

連絡を絶やさなかったし、あの男なりの痛ましい方法で息子の必要が満たされるよう計らいはしたが、それだけでギャビン・クラインを父親と呼べるものではない。

「遅くなって申し訳ありません」とクラインは言い、ローレンスの手を取った。「ダラスからの乗り継ぎ便が遅れまして」

「間に合ってよかった」とローレンスは言った。

ローレンス夫人がクラインの首に腕を回して大きく抱きしめた。「お久しぶり、ギャビン。よく来てくれたわね」

「あなたはいつも温かく迎えてくださいます」とクラインが言った。

「それはあなたが歓迎されているからよ」

クラインはレッドに顔を向けた。「マット」

「ギャビン」

二人はしばらくたがいの視線を受け止め合った。対峙《たいじ》する二頭の雄牛のように。彼らにとっては愛情表現に限りなく近い行為だった。

「では、始めるとしよう」とローレンスが言い、二人を玄関へいざなった。

「ああ、そうしよう」とレッドは返した。

山小屋の裏手のポーチにはダンスフロアほどの広さがあり、山から流れてきて急流と化した小魚の泳ぐ小川を見晴らすことができた。水はふだんより緑色が濃かったが、浅い岩に砕けた箇所が白くきらめいていた。そよ風が青空に明るい綿毛のような雲をなびかせているが、気温は二〇度前後を保っていた。非の打ちどころのないモンタナの夕刻だ。

ポーチのすぐ先に灰を敷き詰めた石造りの焚き火台があり、JBが切り出した丸太を割り材にして造られた木のベンチがその周りを囲んでいた。焚き火台の上には調理用の大きな鉄格子が置かれていたが、いまは火もなく、周りに座っている人もいない。

参列者は全員、ポーチの椅子に腰かけてJB本人と向き合っていた。正確に言えば、彼らが向き合っているのは小さなテーブルで、そこには海兵隊の礼装用制服《ドレスブルー》を着て庇《ひさし》付きの白い帽子をかぶった、彼のずっと若いころの写真が納まっていた。レッドが〈ピット＝ベイトマン葬儀場〉から持ってきた黒いプラスチックの箱も鎮座している。

ローレンス牧師が祈りを捧《ささ》げて式を開始し、隣に立っているレッドにうなずきを送った。話をするようにとの合図だ。

レッドはテーブルの片側に立ち、集まった一団のほうを向いた。見知った顔がいくつか彼を見返してきた。牧場飼料店のホーマン氏、弁護士のデューク・ブラントン氏、葬儀屋のピット氏までいた。しかし、彼が繰り返し見たのはエミリーの顔だった。彼女の笑顔が彼のエンジンとなった。

「JBは口数の少ない人だった。わたしもそうです。彼がここにいたら、みんなでこんな大騒ぎをする必要がどこにあるんだとぼやきながらも、みなさんがここにいることを喜び、ここへ来てくださったことに感謝するでしょう。わたしも同じです」

レッドは自分の横、テーブルの反対側に立っている牧師の妻を指さした。「このあと美味しい食事を用意してわたしたちを楽しませてくれるローレンス夫人にも、彼は感謝するでしょう。そしてローレンス牧師には、自分に短い言葉をかけてくれたことに感謝するでしょう」レッドは笑みを広げた。「キーワードは〝短い〟です」

ローレンス夫人を含め、ほとんどの人がこのジョークに笑った。

牧師は顔をしかめていた。

「JBがここにいたら、いい人生だった、大好きな海兵隊で国に奉仕でき、慈《いつく》しんできた土地で最期の日々を過ごせた、とみなさんに言うでしょう」

レッドは木々を見上げ、傾きかけた太陽の日射しで顔を温めながら考えを巡らせた。

「いっぽう、わたしはと言うと？　ジム・ボブ・トンプソンのことをどう言ったものか？」彼は写真と灰の容器に目をやった。「彼はわたしの知るかぎり最高の男でした」ギャビン・クラインを軽んじる意図はなかったが、声に出すと同時に気がついたときも後悔はしなかった。

「彼はこの土地を愛し、わたしを愛してくれた」最後の数語で声を詰まらせそうになった。「わたしに言えるのはそれだけです」

彼はくるりと体の向きを変えて、裏のドアから家の中へ入った。

ローレンスの小さいながらも力強い声が彼のあとを追った。「ありがとう、マシュー。『コヘレトの言葉』にはこうあります。弔いの家に行くのは酒宴の家に行くのに勝る。そこには人みなの終わりがある（新共同訳を参照）……」

レッドは家の中を進み、立ち止まって、かつて自分の寝室だった部屋からフォルジャーズの古いコーヒー缶を手に取り、ドアから出てレミントンのところへ向かった。「やっと三人、水入らずだ」レッドは大きな馬にまたがり、馬をなだめながら山道のほうへ向かった。

レミントンは自分から上りの道を進んでいった。すぐに背の高い木々が薄れゆく日射しを遮った。高所へ上るほど涼しくなり、レッドは解放感に包まれていった。ぬかるんだ道の分岐でレミントンを右へうながした。左の道を行けば、ＪＢの所有地とゲージの所有地を隔てる囲い線へ向かう。右の道は低い松の木が茂る山頂に向かい、そこには狩猟シーズンにＪＢがベースキャンプとして使っていた古い丸太小屋があった。

レッドは子どものころ、馬に乗ったり歩いたりして何千回とこの丘を登った。エミリーとも一度ならずこの小屋へ来た。道を進むあいだに、そんな思い出が止めどなく沸き上がってきた。

レミントンの確かな足取りと安定した歩様がレッドを持続的な深い平穏へいざなった。松の木の香りと鞍革《サドルレザー》のにおいと無限に広がる緑の色合いとひんやりとした空気が彼をそっと包みこんで、千の心配と百万の後悔から守ってくれた。コーヒー缶に入ったJBの遺灰を持っていることもまた、喪失の痛みに対する安らぎを与えてくれた。山の中へそっと分け入っていくあいだ、焚き火台の灰を詰めこんだプラスチックの箱の中に遺灰があると思って話しかけている友人たちを見たら、JBは大笑いするだろうと思い、レッドはにやりとした。

レミントンとJBといっしょに山を登っていくうち、レッドに思いがけないことが起こった。JBにうながされてか、自分自身が口にした言葉が脳裏に甦《よみがえ》ってきた。

〝彼はこの土地を愛し、わたしを愛してくれた〟

自分がここに残ることをレッドが確信したのは、まさにこのときだった。自分もこの土地を愛しているのだから、何かしら方法が見つかるだろう。

山頂に着くと、青色と真鍮《しんちゅう》色に染まった西の空に迎えられた。光をさえぎる雲の大群が頭上をかすめ、いっせいに白色と鉄灰色にふくれ上がり、縁にきらめく金色の光に焼かれて真鍮色へ変わっていく。眼下には緑がかった黒い松の絨毯が広がり、その先には草に覆われた丘がエメラルド色の海のように、雪をいただく遠くの山々に向かってなだらかに起伏している。これらすべてに挟まれた谷間を、細いアスファルトのリボンが蛇行していた。

レッドの肌を冷やす微風に向かってレミントンがいなないた。

レッドはコーヒー缶の蓋を開け、不器用な祈りを口にして、JBを風に乗せた。

「あなたがどんなにこの土地を愛していたか、おれは知っているよ、父さん」JBの灰が指の間をすり抜けていくあいだに、レッドは言った。「ここは父さんの遺産だ。これからもずっと」

寒風がレッドの首の後ろの毛を逆立てた。JBの声が聞こえた気がした。

いや、息子よ。おまえのだ。

52

レッドがJBの家へ戻ったとき、弔問客《ちょうもん》のほとんどは帰っていた。

いや、おれの家だ。

彼はレミントンの鞍を外し、桶の水を長めに飲ませてから馬房に入れた。家の中へ向かう準備ができたときには、エミリーとローレンス夫人の皿洗いが終わりかけていた。

「あなたの分の料理をお皿にまとめて、冷蔵庫に入れといた」と、牧師夫人が言った。

「大丈夫？」

「大丈夫です。いろいろお世話になりました」

「どういたしまして」彼女はエミリーにうなずきを送った。「ねえ？」

「もちろんよ」とエミリーは言った。

ギャビンとローレンス牧師で最後の椅子を片づけているところが、レッドには見えた。「裏へ行って手伝ってくる」と彼は言った。

「大丈夫よ、もう終わったから」エミリーがそう言って、タオルで手を拭いた。

「来てくれてよかった」とレッドは言った。「つまり、JBのために」

彼女は首を横に傾けた。「ここへ来たのはジム・ボブのためだけじゃないわ、マッティ」

レッドはとつぜん口に渇きを覚えた。

「この前の話をずっと考えていたの」と彼女は言い、彼の視線を受け止めた。「頭の中でそれを再生しているの。言いたいことをうまく表現できなかった気がして」

「この八年、おれたちは話らしい話をしていなかった」と彼は言った。「練習不足に陥っているんだろう」

「たしかに。だから、話すべきことがいろいろある。でも……」

「でも？」

「あなたがまた出ていってしまうのなら、話は別よ」

「出ていきはしない」考える間もなく言葉が出てきたが、後悔はしなかった。山の上で感じた明確な目的がレッドの中で燃え続けていた。「おれはこっちに残る。なんとかここを手放さずにすむ方法を見つける」

エミリーはうなずいて目を伏せた。「時間がかかりそう」

レッドは微笑んだ。「おれには時間しかないんだ、エム」

それは本当だった。ワイアット・ゲージは死んだ。過去に戻って部隊の仲間を救うことができないのと同じで、JBを生き返らせることはできない……仲間の元へ行くこともできない。しかし、牧場をふたたび繁栄させてJBを追悼することは可能だ。

この計画にエミリーの居場所はあるのか？

彼がこの話を再開する前に、ギャビン・クラインがキッチンに入ってきた。「では、わたしはこれで」

ローレンス夫人がタオルで手を拭き、急いで彼を抱きしめた。

「マッティ」とエミリーがささやき声で言った。「ギャビンがいるあいだに頼まなくちゃ、しばらくここにいてほしいって」

「おれが？　どうして？」

エミリーはにっこりし、愛らしい目がいっそう愛らしくなった。「ジム・ボブがそれを望んでいるからよ」

クラインに頼み事をするなど、考えただけで不愉快だ。特に、二人の間に橋を架けようとしていると誤解されかねないことは。それでも、エミリーが正しいのはわかっていた。JBもそれを望んだだろう。

焚き火台で丸太が燃えてパチパチ音をたて、夜の冷気を暖めていた。レッドとクラインは向かい合って座り、炎をながめながら、クラインがダラスから持ってきたシングルモルト・スコッチウイスキー、十二年もののカーデュを飲んでいた。

「ところでマット、教えてくれ。なぜわたしはJBが亡くなったことをローレンス牧師から聞かなければならなかったのか？　きみからじゃなく？」

「石油の売買やら何やらが忙しくて手が放せないと思ったからだ」

「JBのためなら喜んで時間をつくる」この発言の愚かしさに気がついたのだろう、クラインは両手を持ち上げて降参の身ぶりをした。「いや、わかっている。旧友のためにつくれる時間はあっても、血を分けた息子のためにつくれる時間はない。まったく、むかつくやつだ、わたしは。それは重々わかっている」

　レッドはグラスを掲げる仕草で同感を示した。

「JBとは海兵隊でいっしょに地獄をくぐり抜けた。わたしにとっては大きな兄のような存在で、何度も彼に救われた。今回の不幸にお悔やみを申し上げる、マット。心から。しかし、これはわたしの不幸でもある。だから少し大目に見てくれないか？」

「それならできる」レッドはグラスを差し出した。「少なくともひと晩だけは」

「身に余る光栄だ」クラインはレッドのグラスに自分のグラスを軽く触れ合わせた。二人でウイスキーをあおる。「エミリーから聞いたが、海兵隊を除隊したそうだな。次はどうする？」

一瞬、レッドは、クラインが辞めた理由を訊いてくるのではないかと思った。クラインに何もかも話したいと思っている自分に気がついて、彼は驚いた。打ち明けろ。胸の内を。海兵隊員たちが生きたまま焼かれ、それはおそらく自分のせいだ。非名誉除隊。JBの死、殺害の可能性、自分が彼を救えなかったこと。

　神の赦《ゆる》しが必要だ。人の許しが必要だ。クラインには与えられないものとわかってはいたが、レッドにはそれが必要だった。

　だが、クラインは理由を訊いてこなかった。〝次はどうする？〟だけで。

「次はわからない。見当がつかない」牧場を維持する決心は明かさないことにした。

「石油会社の重役の仕事を都合してくれないか」

　冗談半分だった。

「嫌になるぞ。本当につまらない仕事だ」クラインは体を近づけ、指でレッドの胸を突いた。「いいか。退役は世界の終わりじゃない。きみは健康だし、まだ若い」彼は手を振ってこの土地を示した。「ここがある。そして何より、エミリーがいる」

「エミリーが？　酔っ払ったのか？」

「まあ、かもしれない。しかし、目が見えないわけじゃない。彼女がどんな目できみを見ているか、わからないのか？」

　レッドはクラインの言葉を振り払うように手を振った。クラインは恋愛指南を求めるに最もそぐわない相手だ。

「人生はやり直しの可能性に満ちている、マット」

「不思議だな。彼女も同じことを言っていた」

「本当のことだ」

「死んだ人たちにそう言ってやれ」

「きみは死んでいない」クラインは長くゆっくり息を吐いた。「まあいい、小便してくる」

「おれも」レッドはクラインのあとから木立へ向かった。二人は松の木二本を濡《ぬ》らし、快感と安堵のうめき声をあげた。

男の絆《きずな》だ。

JBの話をしながらボトルの半分を飲み干し、冷蔵庫の残り物を取り出してきて貪《むさぼ》るように平らげ、焚き火台に戻ってボトルを空《から》にし、二人が愛して失った男の話を重ねた。

彼らが理解するに至ったのは、クラインにとってもJBはある意味父親代わりで、二人は風変わりな兄弟でもあるということだ。海兵隊での経験を共有していることで、別の意味でも兄弟だった。

二人が忘れていたのは、ＪＢが何年も前に教えてくれた教訓だ。強い酒はボトルに半分残しておけ。頭がぼんやりして抑制のたがが外れてくると、彼らの気分は暗くなった。酒で朦朧とした中でも、悲しみの共有が二人をつなぐこと、しかし歴史の共有がいまも二人を隔てていることに気がついた。

「あんたを必要としていたとき、ここにいてくれたらよかったんだが」思わずレッドはそう洩《も》らした。

「だからＪＢに託したんだ。どのみち、わたしはひどい父親だっただろう」

「しかし、いないよりはマシだし、おれにはいなかった」

「ばかを言え。きみはＪＢを手に入れた。いまの自分を見ろ。わたしの見るかぎり、結果は万々歳だ」

「あんたには何も見えていない」

「参ったな」

「ひとつ知っておいてほしいことがある」とレッドは言った。「ＪＢは死んだ日、おれに電話をかけてきて留守電を残していた。おれはそのメッセージをすぐ受け取れなかった。聞いたときには、もう彼は亡くなっていた。実は、先週ここへ来るまで、彼が死んだことを知らなかった」

「ＪＢは何て言っていたんだ？」

レッドは携帯電話を取り出し、スクロールしてメッセージを出した。頭の中で何度も繰り返し聞いていたが、JBの死を知ってからは再生していなかった。いま、その声からは痛みが伝わってきた。〝マッティ……話を聞いた……トラブルが戸を叩いてきた……おまえの助けが必要かもしれない〟

レッドは携帯電話をしまった。「JBがどんな人間かは知っているだろう。頭が燃えていても、唾で濡らしてくれと頼む人間じゃない」

「何が言いたい？」

「彼は殺されたんだと思う」

クラインは居住まいを正した。「殺、殺された？」

「正式な記録上では、JBは馬から投げ落とされ、首の骨を折って死んだことになっている」

「起こりうることだ、マッティ」

レッドは首を振った。「JBは病気だった。がんだ。知っていたか？」

クラインのショックの面持ちが答えだった。

「あの状態でレミントンに乗れたはずはないと、エミリーは言っている。馬に乗る理由もなかった。家畜は全部売り払っていた」

クラインは腕組みをした。「たしかに疑わしい。きみの言うとおりだとしよう。彼に消えてほしい人間がいたとしたら、誰だ？」

「裏で糸を引いていたのはワイアット・ゲージだと思う」

「アントン・ゲージの関係者か？　あの億万長者で環境保護活動家の？」

「彼の息子だ。この牧場を欲しがっていた。ＪＢは売ろうとしなかった。それで事故に見せかける筋書きを仕組んだ」

「保安官には話したのか？」

「保安官は信用できない。正直、この町で誰を信用していいのかわからない。だからあんたに話しているんだ」

　クラインはもぞもぞと体を動かした。「わたしに？」

「あんたはＪＢの友人だった。もはやどうにもならないことだとしても、誰かが真実を知っている必要がある。そのワイアット・ゲージが死んだ。今朝。麻薬の過剰摂取《OD》で、自宅で死んでいた」

　クラインはゆっくりうなずいた。「だったら、そこまでだな。死人から答えを得るのは難しい」

　レッドは肩をすくめた。「かもしれない。ただ、自分が状況を正しく読み取れているかどうか、もうひとつ自信がない」

「なぜだ？」

「ワイアットがＪＢの土地を欲しがっていたのはわかっているが――」

「きみの土地、という意味だな」

レッドはうなずき、真剣に考え始めた。「そう。そのとおり。おれの土地だ。しかし、欲しがっていた理由についてはまだ得心がいっていない」

「鉱業権か何かの絡みか？」

「その可能性はある。対面したとき、ワイアットは欲しいから欲しいんだと言っていた。偉ぶった嫌なやつだった。しかし、ワイアットが父親の指図で土地を買収していたのもわかっている。州内のあちこちで土地を買収していた。だから、ほかに何かあるのではという考えをぬぐえない。

　しかし、腑に落ちないのは、ＪＢが助けを求めていたことだ。彼がどんな人間か知っているだろう。よほどのことがないかぎり、人に助けを求める人間じゃなかった。何も恐れていなかった。ワイアット・ゲージを恐れたとは思えない」

「彼が戦いから逃げたところは見たことがない」

「ＪＢの〝トラブル〟は、何かを探り当ててそれに対処するのにおれの力が必要だったのかもしれない。気がかりだったのは、もしくは危機感を覚えたのは、誰かのことじゃなく何かのことだったのかもしれない」

「たとえば？」

レッドは両手を広げて肩をすくめた。「それを突き止めようとしている」

クラインは立ち上がった。「わたしの頭はいま、洗濯で言えばすすぎのサイクルに入っている。それには明日、取り組もう。いっしょに。それでいいか?」

レッドは立ち上がった。「いい考えだ」

クラインが手を差し出し、レッドは握手に応じた。そして二人ともベッドへ向かった。

明日こそ。レッドは眠りにつきながら胸に誓った。

明日こそは……

53

クラインは夜明け前に起き出し、ひとっ走りしようと、家をそっと抜け出した。さわやかな空気とあたり一面の静けさは、騒音と汚染にまみれたワシントンＤＣから来た身にはありがたく、生き返った心地がした。ジム・ボブが最終的に、海兵隊から情報機関や法執行機関へ転じるのではなくこの暮らしを選んだ理由がよくわかった。

山頂の古い狩猟小屋まで行くつもりで道を上っていったが、首都の貯水池を周回するのに慣れている体には、標高一二〇〇メートルを超す本物の山を駆け上がる準備ができていないことにすぐ気がついた。ゆうべレッドと酒を過ごした影響もある。踵を返し、五〇〇メートルくらい走っただけで頭がズキズキし、肺が破裂しそうになった。走らずに歩いて、来た道を引き返していった。

道を下りながら、ゆうべの会話を思い起こした。ジム・ボブが犯罪の犠牲になったとは信じたくなかったが、息子の直感も無視できない。ゲージ家が関与しているという事実が問題を複雑にしている。ゲージ家は単に裕福なだけではない。富の最上層にいて、その種のカネは圧倒的な影響力を獲得できる。超富裕層はほかの人々とは別種の世界、法律や道徳がほとんど意味をなさない世界の住人であることを、マッティは正しく理解しているのだろうか？

ワイアット・ゲージがジム・ボブの死に関与していたのなら、過剰摂取がめったにない正義の裁きを下したことになる。

それでもクラインは、これは欲と権利が絡んだだけの話ではないかもしれないと思った。ゲージ家の活動と幾多の事業を、特にモンタナ州でのそれをもっと掘り下げて調べてみよう、と心を決めた。

それが悲しみと喪失に対処する方法だ。ジム・ボブにとってはひどい友人だったし、マッティにとってはひどい父親だったが――いや、その表現すら寛容に過ぎるだろうが――少なくとも自分の立場を利用してできることがあるはずだ。

自分が何をしたか、マットに真実を話すときが来たのかどうか、彼はまだ迷っていた。息子と何らかの関係を築くつもりなら、まずそこから始めなくてはいけない。家族より国家公務員の仕事を優先させた理由を理解できる人間がいるとすれば、それはマッティかもしれない。彼は自分でも知らないうちに父の足跡を追い、牧場を離れて海兵隊に入隊した。ひとつだけ違いがあるとすれば、自分は酔って女性と一夜限りの関係を持ち、うっかり子どもを作ってしまったことだ。

わたしとの間にできた息子がいるとリンダ・レッドが打ち明け、マシューの幼少期の暮らしに自分を参加させてくれていたら、状況はちがったかもしれない。妥協点を見いだせたかもしれない。しかし、それを知ったときはもう遅かった。ジム・ボブにその子を託すことしかできなかった。

相対的に見て、結果は上々だった。

おたがい大人になったいま、共通の目標が二人をつなぐ可能性はある。自分は危険なゲームに手を染めていて、力を貸してくれる人間がもっと必要だ。元海兵隊レイダースにしか与えられないような力が必要だ。レッドがジム・ボブの死の真相を突き止める手助けを自分がすることで、ＦＢＩの仕事についての真実を明かすために必要な機会が得られるかもしれない。

他方、あの子の聡明な頭は、与えられた条件から自分で正しい答えを導き出すかもしれない。その場合……

息子は――そう、わたしの息子は――戦士であり、何より信義を重んじる。わたしが何をしたかマッティが知ったら、父親であろうと生かしておかないだろう。

クラインが戻ってきたとき、レッドはキッチンで缶詰のスパムを炒《いた》めていた。クラインが入ってくると、ミスターコーヒーの真新しいコーヒーメーカーからすぐカップにコーヒーをそそぎ、カウンターの向こうからクラインに渡した。

「ありがとう」とクラインは言い、コーヒーを味わった。「よく眠れたか？」

「スコッチのおかげで一、二時間は死んだように眠っていた。そのあとは……」彼は首を横に振った。「脳が休まってくれなかった。そっちは？」

「同じだ」トースターがポンと音をたてた。これも前日買ってきたものだ。レッドは厚切りのテキサストーストを二枚の皿のそれぞれに載せた。カリカリに焼いた厚切りのスパムをフライパンから皿に移し、食卓へ運んだ。

クラインは切り分けたスパムをフォークで刺してパンに載せた。「何年ぶりだろう？」

「ＪＢの好物だった」レッドはトーストにスパムを何枚か挟み、無骨なサンドイッチを作った。

「昨日ローレンス牧師から聞いた話によると、ＪＢは晩年、信仰に目覚めたそうだ」とクラインが言った。

レッドは肩をすくめた。「おれも彼から聞いた。ＪＢとその話をする機会が欲しかったな」

「まあ、ああいう性格だ。たとえイエス・キリストを見つけても、その話を触れて回る人じゃなかった。それに、彼が直面していた状況を考えたら……神様のことを考えてもそれほど不思議じゃない。イエスに会うことになると思えば、なおさらだ」

レッドはコーヒーをひと口飲んだ。彼も似たような結論に達していたが、それでも何となくすっきりしなかった。「どうしていまその話を?」

「ゆうべ、寝つかれずにいたら、彼のベッドの横に大きな聖書が見えた。それだけでなく、少し読んでみた。長いこと読んでいなかったから」

「今度はあんたがイエスを見つける番なのか?」

クラインは悲しげな笑みを浮かべた。「聖書の余白にジム・ボブの手書きで、メモがびっしりあった。興味深いメモでもあった。彼は本気だったらしい」

「というと?」

「わたしも考えさせられた。あの聖書は彼にとって大切なものだった。あそこから何らかの洞察を得られるかもしれない」

「彼の幽霊と話すみたいに?」

「そんなところだ」クラインは立ち上がり、廊下を歩いてJBの寝室へ行き、しばらくして聖書を手に戻ってきた。それをレッドに差し出した。

「いまか?」

「もちろん」

レッドは肩をすくめて聖書を受け取った。見返しを見たとき家族名簿に自分の名前が加えられていたのを思い出した。いまのいままで、この聖書が一家の愛蔵書以上の役目を果たすかもしれないなどとは考えもしなかった。

聖書を開き、無作為に選んだページに目を通した。クラインが何の話をしていたのかすぐにわかった。薄いページの白い端が細い鉛筆で書かれたメモでびっしり埋め尽くされていた。観察と熟考、そしてローレンス牧師でさえJBが満足できる答えは返せなかっただろうと思われる疑問の数々。

「いったいどれだけの時間をかけて、これを書き上げたのか」とレッドはつぶやいた。

本の中ほどにリボンの栞《しおり》が挟まっていた。レッドは聖書を学んだわけではなかったが、「詩篇」が真ん中に位置することは知っていた。印のついたページをめくると、その二十三篇だった。特殊部隊の戦士たちお気に入りの箇所だ。

〝たとえ死の陰の谷を歩もうとも、わたしは災いを恐れない〟

JBはその谷に一人で足を踏み入れたのだ。養父はどう言っているのか？

しかし、ページをしっかり開いたとき、折り目に折りたたまれた小さな紙が挟まっていることに気がついた。そっと抜き出して、表を見ると、震え気味の活字体の文字で名前が書かれていた。

〝マッティ〟

「何だ、それは？」クラインが身を乗り出して尋ねた。

「何だろう」レッドが紙を広げると、ＪＢの細く読みづらい文字がまた見えた。彼は黙って読んだ。

マッティ。電話をかけたがつながらなかった。もしこれを読んでいるなら……いや、気にするな。とにかく書き留めておかなくては。今夜、ある男女《カップル》の話を耳に挟んだ。どちらも挙動不審だった。人前でその話をしてはいけないと女のほうが言い、セキュリティプロトコルがどうとか言っていた。それで注意を引かれたんだ。男のほうが外国語に切り替え、最初はロシア語かと思った。意味はよくわからなかったが、ワンフレーズだけ聞き取れた。聞こえたとおりに書く。

レッドはその言葉を精いっぱい声にした。〝Hotovyy《ホトヴィイ》 koly《コリイ》 verba《ヴェルバ》 pryyde《プリイデ》〟

クラインが身をこわばらせた。「何だ、それは？」

レッドはメモを振った。「どこかの男女《カップル》がロシア語で話しているのをＪＢは耳に挟んだ。ＪＢは軍役中、在モスクワ大使館に勤務したことがあったな？」

クラインは答えなかった。

レッドは続けた。「何を聞いたにしろ、電話をかけてくるくらい驚いたんだ」ＪＢが書いた最後の何語かに目を戻すと、ＪＢは可能なかぎり翻訳を試みていた。

Hotovyy ＝準備ができた

Koly ＝いつ

Verba ＝9K333 VERBA MANPADS?・?・?

Pryyde ＝来るだろう

レッドは小さく罵《ののし》りの言葉を吐いた。「JBはVERBA MANPADS《ヴェルバ・マンパッズ》の密輸計画に出くわしたのかもしれない」

「MANPADS?」クラインはささやくようにその言葉を口にした。

「携帯式防空ミサイルシステムだ。ヴェルバはロシア製の肩撃ち式地対空誘導弾《SAM》で、最長六・五キロ先の航空機を撃墜できる。基本的には、アメリカのスティンガーに対するロシアの回答だ。おれもあれで訓練したことがある。誰でも簡単に操作できる。いわゆるファイア・アンド・フォーゲット。つまり、ミサイル自体が自動追尾能力を持つから、ただ撃つだけでいい。地方武装勢力のたぐいがこの手のものを手に入れたらどうなるか、想像してみろ。この密輸人たちが自分たちの話していたことを理解されたのではと疑ったのなら、JBの命を狙ってもおかしくない」

レッドは椅子の背に体をあずけ、頭に手を当てた。「信じられない。おれはまったく思いちがいをしていたのかもしれない。ワイアット・ゲージがＪＢを殺したのではなく、このロシア人たちが殺したのだとしたら？」

「ロシア語ではない」と、クラインが言った。

レッドは驚いて片方の眉を吊《つ》り上げた。「どうしてわかる？」

「海外で仕事をすることが多いからな」彼はレッドの手からメモを取り上げ、翻訳を指さした。「この単語だが、ＪＢは〝Verba〟と聞いてロシア語と思ったが、スラブ系の別の言葉、ウクライナ語でも同じ意味になる」

「ウクライナ？」レッドの歯車が回り始めた。「あのシェフチェンコみたいな？」

「同じ綴《つづ》り、同じ発音、同じ意味だ。そっくり同じ意味で訳される」

「何が言いたいんだ？ ロシア語でもウクライナ語でも違いはない。そいつらはＪＢに盗み聞きされたと気がついて彼を殺害した。ＭＡＮＰＡＤＳは深刻な……」

「これはＭＡＮＰＡＤＳの話じゃない」

レッドはいぶかしそうにクラインを見た。「なぜそんなことが言える？」

「どちらの言語でも〝verba〟は英語にすると〝柳《ウイロウ》〟となる」

レッドはその言葉を聞いてたじろぎ、呆然《ぼうぜん》とした。「ウィロウ？ 確かか？」

「ああ、間違いない。これは携帯式防空ミサイルの話ではない。ある男のことだ。きわめて危険な男だ」

ことを知っているんだ?」

レッドはせわしなく瞬きをして、情報を処理しようとした。「いったいなぜそんなことを知っているんだ?」

クラインは大きなため息をついた。「わたしは石油会社の重役じゃないんだ、マット。FBIだ。その情報部に所属している。きみが生まれる前から」

レッドは唖然としてクラインを見つめるしかなかった。ようやく彼は言葉を見つけた。「信じられない」

「まじめな話だ、マット。命に懸けて誓う」

「JBは知っていたのか?」

「ああ、知っていた」

「なぜ彼は教えてくれなかったんだ? なぜあんたは教えてくれなかった? おれは真実を知っていてしかるべきだったのに」

「わたしはただの現場捜査官じゃない。危険な連中を相手にしている。大切な人たちを守る唯一の方法は、彼らをできるだけ自分から遠ざけておくことだった。だからきみをジム・ボブと暮らせるようにした」

「信じられない」レッドはもういちどそう言い、顔をそむけた。ギャビン・クラインを見ただけで不愉快になる。髪に手を走らせ、床を行ったり来たりした。「それで何か埋め合わせができると思うのか? 父親でいなかったことに?」

「もちろんそんなことは思っていない。しかし、マット、わたしにはやるべき仕事がある。危険な仕事だ。だから、ひどい親かもしれないが、きみの安全だけは守ることができた」

レッドは肩を落とした。クラインがついていた嘘と同じくらいＪＢに教えてもらえなかったことにショックを受けていた。

「わたしがウィロウという名前を口にしたときの、きみの反応を見た」クラインはマグカップからコーヒーをひと口飲んだ。「彼について、きみは何を知っている？」

レッドは肩をすくめた。「要約説明《ブリーフィング》を受けた内容だけだ。おれの最後の任務はメキシコでそいつを捕獲することだった。ウィロウという別名とそいつの居場所、そして優先順位の高い標的であることしか教えられていない」事の真相がわかり始めてレッドはすっと目を細めた。「ＦＢＩの標的だった」こめかみにズキズキと脈が打ち始めた。「ウィロウについて、あんたは何を知っている？」

「その情報はわたしが開拓した」

この瞬間、レッドは怒りに目がくらんだ。彼はクラインに突進し、シャツの胸ぐらをつかんで後退させ、テーブルに叩きつけた。クラインの手からマグカップが飛び、熱いコーヒーが部屋じゅうに飛び散った。マグカップは壁に当たって砕け散った。

「おまえのせいでおれの部隊は殺された！」と、顔をクラインにぶつけんばかりにしてレッドは叫んだ。

　クラインは瞬きもしなかった。「彼らを殺したのはわたしじゃない、ウィロウだ。それか、彼を守っている連中だ。きみの部隊を殺したやつらがJBを殺した可能性もある」

　レッドは怒りに満ちた目で、クラインに嘘をついている兆候がないか探った。憤激の奥深くで、彼は真実と悟った。クラインをつかんだ手から力をゆるめた。つかんだ手を離す。それから後ろへ下がった。

　叱《しか》られた子どものようにレッドは小さな声で言った。「なら、おれに何があったかも知っているわけだ」

「概況説明を受けた。任務の開始前に海兵隊員一名が無断欠勤《UA》したとあった。名前は明かされなかった。きみがレイダースにいたのは知っていたが、それがきみとは知らなかったし、突入したのがきみの部隊だったことも知らなかった。わたしは情報を提供しただけだ。作戦は担当しない」

　激情がしぼんでいくにつれ、レッドの気分は暗澹《あんたん》とした。

「いいか、マット。あそこで起きたことはきみの責任じゃない。あそこにいることすらできなかったのだから――」

「だが、任務をフイにしたのは、たぶんこのおれだ。知っていることを全部しゃべらされ……」彼は頭を振った。「任務の直前、おれはタイヤがパンクした女性の車の修理を手伝うために車を止めた。その女に薬を盛られ、たぶん話をさせられた。そのせいでみんなが殺された。おれのせいだ。あの女を見つけたら――」

「女のことは忘れろ、マット。作戦はすでに漏れていたんだ。やつらがきみの部隊の人間を捕獲できたのはなぜだと思う？　やつらがきみから手に入れたのは確認だけだ。それと人身御供《ひとみごくう》にできる人間だ。自己憐憫《れんびん》に浸《ひた》るのはやめて、毅然《きぜん》としていろ。いまは、めそめそしている暇はない」

この侮辱的な言葉を聞いて、レッドは頭の後ろをはたかれたときのようにハッと我に返った。

クラインは自分より大きな男に一歩近づき、肩に手を置いた。「部隊の仲間とＪＢのために正義の裁きを下したいか？」

レッドはうなずいた。

「なら、このメモからどんなことが突き止められるか確かめて、犯人を見つけだそう。いいか、われわれのゴタゴタを片づけるのはそのあとだ。いいか？」

レッドはまたうなずいた。「わかった」

「よし、では、きみがここへ来てからどんなことがあったか。そこから始めよう」

レッドはキッチンへ戻って自分のマグにコーヒーを注ぎ直し、クラインのマグにも注ぎ直して、ウェリントンへ戻ってきてから起こったことを省略なしで全部語り始めた。クラインは状況を明確にするために一、二度質問し、レッドが主観を挟んだり結論を導き出したりし始めたときは制止した。特にワイアット・ゲージとローマン・シェフチェンコが絡んだところでは。

「事実だけですよ、奥さん（ドラマ『ドラグネット』でジョー・フライデー刑事が言ったとされるせりふ）」とクラインは言い、にやりとした。

レッドが語り終わると、クラインはしばらくマグを手のひらの間で転がした。「わかった、保安官か保安官代理、あるいはその両人がワイアットと組んできみを殺人犯に仕立てたような気もするが、といって彼らとウィロウに関係があるとは限らない。保安官代理はJBの死を事故と信じきっているようだしな。問題は、あのメモを見せられるほどその男を信用できるかだ」

レッドは考えた。「できない」

「だったら、ここだけの話にしよう」

「FBIは？　今回の問題に捜査局を巻きこむことはできないのか？」

クラインはその提案を真剣に考えているかのように、髭を剃っていないあごをポリポリ掻いた。「ウィロウの最新情報を握っている人間はFBIでもごく一部に限られている。だから状況は複雑だ。きみの部隊を壊滅させた情報の漏洩は、うちの部署内から起こった可能性がある。つまり、この件では、いま誰を信用したらいいかがわからない。きみを除いては」

レッドはうなずいた。「なら、いまのせりふじゃないが、ここだけの話にしよう。最初の一手は？」

「明白なことから始めよう。ゲージの用心棒――」

「シェフチェンコ」とレッドが返した。

「その男だ。ウクライナとのつながりは偶然かもしれないが、まずそこから始めよう。そいつのことを教えてくれ」

「文字どおりの荒くれ《ブルーザー》だ。見た目より頭がいい。おれの推測では、元軍人だ。スペツナズという可能性まである」

「旧東欧圏の元特殊部隊員の働き先は、多くがマフィアに落ち着いた」

「ウィロウの資金の出どころはそこだと思うか？　ブラトヴァ（ロシア最大のマフィア）とか？」

クラインはかぶりを振った。「何とも言えない。ここでのポイントは、ワイアット・ゲージとウィロウの間に、この用心棒を経由する線があるかどうかだ」彼はコーヒーをひと口飲んだ。「彼のボスのワイアットが死んだのはわかっているが、ＪＢの死にはワイアットが関与していたと、きみは考えていた。それは単なる直感か、それとも何らかの証拠があったのか？」

「ゲージが牧場を欲しくて仕方なかった《バッド》のはわかっている」レッドはそこで含み笑いをして訂正した。「仕方なかった《バッドリー》のは。それでも、物証になるのはＪＢの携帯電話しかない。それがＪＢの死後、行方不明になっている。シェーン・ヘップワースは見ていないと言い、ＪＢの身の回り品にもなかった。最後の信号が発せられたのはワイアットの家だ。だから昨日の朝、やつと対決しに行ったんだ。あのばかが過剰摂取《OD》で死んだと知ったのは、そのときだ」

クラインは天井を見つめた。「ＪＢの電話が最後にワイアットのところにあったからといって、ワイアットが何かした証拠にはならない。彼の自宅に出入りできる人間ならそこへ電話を持っていけただろう」彼はレッドに目を戻した。「それはどうやって突き止めたんだ？」

「グーグルマップの履歴だ。ＪＢは位置情報サービスをオフにしていなかった」

「その履歴はまだ手元にあるか？」

「スクリーンショットを撮った」レッドは携帯電話を手に取り、保存した画像を出した。

「ＪＢは殺された日、きみに助けを求めたと言ったな。それは何日だった？」

「発見されたのは土曜日だが、メールを送ってきたのは金曜の夜だった」

「電話をかけてきたのは何時だ？」

通話履歴を見るまでもなかった。「現地時間の午後八時三十一分」

「つまりJBは八時半に心配になって、きみに電話をかけてきたわけだ」クラインはJBのメモを手に取り、ちらりと見た。「彼はきみに電話を試みたあと、これを書き留めた。ウィロウについての会話を彼が耳にしてからすぐだったと仮定しよう」

「その話を聞いたとき彼がどこにいたのか、そしてそのウクライナ人カップルが誰なのか、突き止める必要がある」

「そのとおり。彼らを見つければ、JBを殺した犯人も見つかる――ひょっとしたら、きみの部隊を殺した外道《げどう》たちも」

レッドはグーグルマップタイムラインに戻り、八時三十一分にJBの電話があった位置を拡大した。それからクラインを見上げ、ひと言だけ言った。

「〈スペイディーズ〉」

54

〈スペイディーズ〉の営業が始まったばかりの時刻、レッドはがらんとした駐車場にラプターを駐めた。クラインといっしょに誰もいないダイニングルームへ向かうと、バーテンダーが顔を上げ、レッドとわかりぎょっとした表情を見せた。

レッドは最高に人なつこい笑いをひらめかせた。「やあ、ジャロッド。景気はどうだ？　経営陣が変わるかもしれないんだって？」

ジャロッドは居心地悪そうに体の位置を変えた。「いや、レッドさん、ぼくには――」

クラインが一歩前へ出て、手を差し出した。「ジャロッドさんですね？　ギャビンといいます。ジム・ボブ・トンプソンとは昔からの友人でした。追悼式に参列するためにこの町へ来ました」

ジャロッドはためらいがちにクラインの手を見た。「お悔やみを申し上げます。このみんな、ジム・ボブが大好きでした」

「このマットが、JBは亡くなる前の晩ここにいたのではないかと考えていましてね。その夜、あなたは出勤していましたか？　金曜日だったかな？　二週間くらい前の？」

「金曜日はいつも出勤なので……はい、その日のことは覚えていると思います」

「パズルのピースをつなぎ合わせようとしているところなんです。少し前のことになりますけど、よそから来た男女《カップル》がいたのを覚えていませんか？」

ジャロッドは肩をすくめた。「店にはたくさん人がいた。つまり、ほとんどの日は満席になるんです」

「しかし、その二人は外国語を話していた。ロシア語みたいな言葉を。覚えていませんか？」

ジャロッドは下唇を引っ張って考えた。「ああ、そういえば。たしかにそんな二人がいた。男女で。いまあなたが立っているところに座っていましたよ」

「名前はわかりますか？」

「いや。訊かなかったし」

「クレジットカードで支払いをしていて、取引内容を確かめられる可能性は？」

ジャロッドが眉根を寄せた。「警察の方ですか？　だとしたら、こういう話には令状が必要なんじゃないですか。よく知らないけど」

車で来る途中、クラインから、必要にならないかぎりFBIとは名乗らないという説明があった。「単なるJBの友人ですよ。彼に何があったのか理解しようとしていて」

ジャロッドは少し考え、また肩をすくめた。「ああ、よく考えたら、現金で支払っていきましたよ。手の切れそうな一〇〇ドル札二枚で払ったから覚えてる。いかにも新札という感じで、印刷したてみたいだった。だから覚えているんだ」

レッドは少し不自然な気がした——嘘を塗り固めるための脚色か？

「どんな見かけだったか思い出せますか？」クラインがもうひと押しした。

「なんとなくなら。二人とも髪は茶色か、黒だったかもしれない。見た目はふつうだった。特に変わったところはなく。身なりはよかったけど、おしゃれな感じじゃなかった。どっちも眼鏡をかけていた。労働者階級じゃない。どっちかといえば内勤タイプかな」

「太ってた？　背は高かった？　年は取っていた？」

ジャロッドは目をきょろきょろ動かして、また記憶を探った。「いまも言ったけど。ふつうでしたよ。男の人は一七五センチ前後。女の人はそれより五、六センチ低かったかな。たぶん二十代の終わりか三十代。夫婦だったと思う」

「そう思ったのは、なぜ？」

「いかにもそんな感じだったから。口げんかもしていたみたいだし」

クラインはうなずいた。「彼らの車を見ていませんか？」

「どうしてぼくが？　彼らが帰ったときは手が放せなかった。ちょっと待って、どうしてこんなことを？」

「ＪＢはその二人と言葉を交わしたかもしれない」レッドが話を引き継いだ。「彼らが店を出たあと、駐車場で。だとしたら、生きている彼を見た最後の人たちかもしれない」

「馬から落ちたと聞きましたよ」と、ジャロッドは言った。

「かもしれない」

ジャロッドが姿勢を変えて、質問に答えるのはここまでという意思表示をした。

「ええと、ごめんなさい。その辺はよく知らないんだ。仕事に戻らないと。悪いけど、このくらいで。ジム・ボブ爺《じい》さんのことは大好きでした」

レッドがもうひと押ししようとしたが、クラインが制した。「時間を取らせて申し訳なかったね、ジャロッドさん。見送りは無用です」

「さて、どうする？」二人で外へ出たところで、レッドがつぶやくように尋ねた。

「辛抱しろ、コオロギ。見て学ぶんだ」（一九七〇年代の米ドラマシリーズ「燃えよ！カンフー」から）クラインは自分の携帯電話とエアーポッズの小さな白いケースを取り出した。

「とうとうFBI《フィーブス》にかけるのか?」とレッドは尋ねた。

「ちょっとちがう」

クラインは白いイヤーチップを耳に入れ、これでレッドは両方向の会話を追えなくなったが、その空白を埋めるのは難しくなかった。

「頼みたいことがある。ウクライナから来た、もしくはウクライナ国籍のH‐1Bビザ労働者のリストを調べてほしい。男性一名、女性一名で、いずれも黒髪、瞳も黒。たぶん結婚している。年齢は二十五歳から四十歳で、特殊技能職……いますぐだ」

そのあとクラインの表情が曇った。「冗談だろう?」彼はしばらく黙りこみ、レッドには彼が相手の話を聞いているのかただ考えているだけなのか、見分けがつかなかった。最後にクラインは言った。「それだけで、彼が問題の男でないとは言えない……」ひとつうなずく。「そうだ。そうしてくれ。その前にそのウクライナ人のことを調べてくれ……わかっているな」

彼は電話を切った。

「いまのは何だったんだ?」二人がラプターの座席に落ち着いたところでレッドが訊いた。

「いま取り組んでいる別件の話だ」と言って、クラインは質問を払いのけた。

レッドはそれ以上詮索しなかった。「つまり就労ビザから見つけられるかもしれないということか？」

「望み薄だな。いまアメリカにはＨ‐１Ｂビザの保有者が六十万人近くいる。ウクライナ人はもっと少ないだろうが、それでも千人近くいるだろう。もちろん、このカップルが特殊技能職のビザでこっちにいるという保証はない」

「その線がだめだったら、どうするんだ？」

「よそから来た旅行者だと、バーテンダーは言った。夕食のためにわざわざウェリントンまで来たとは思えない。〈ダイヤモンドＴ〉に泊まっていなかったか調べてみよう。Ａｉｒｂｎｂ《エアビーアンドビー》の一覧表もチェックしないとな……このあたりにあればだが。ほかにもいくつか問い合わせてみる」

「質問を続けていたら、目立って誰かに勘づかれるかもしれない」と、レッドは指摘した。

「そこは一か八《ばち》かだ。しかし、いいほうに考えろ。ウィロウがわれわれを狙ってきたら、自分たちの方向性が正しいことだけはわかる」携帯電話の着信音が鳴った。クラインは一瞥してにやりとした。「大当たりだ。ビクトルとアナスタシアのペトリク夫妻。二人とも、勤務先は……ちょっと待て……モンタナ州ボイト郊外の〈ゲージ・フードトラスト研究所〉とある。勤務先と自宅住所、身分証明書の写真も手に入った」

「やったな」レッドは昂然《こうぜん》と車のハンドルに拳を叩きつけた。「ゲージとウィロウがつながった。くそ野郎ども」

クラインがラプターのナビに住所を打ちこむと、画面にルートマップが現れた。ボイトはウィートランド郡の非法人地域で、ウェリントンからは車で九十分だ。

レッドはキーを回し、ピックアップトラックのエンジンが轟音《ごうおん》をあげた。

ジャロッドは駐車場から猛然と発進するラプターを見つめていた。トラックが見えなくなったところで彼は携帯電話を取り出し、急いでテキストメッセージを打った。

〝いま出ていった〟

55

ボーズマンから東へ一五キロほど走ったところで、幹線道路の反対側にレーダーを照射しているハイウェイ・パトロールの車が見え、そこからレッドは制限速度を守っていった。窓の外の一様な風景――広い青空の下に果てしなく続く小麦畑――が、夜明けからわかったことを整理するための時間を与えてくれた。

「つまり、ＦＢＩだったわけだ？」と、レッドが言った。

クラインはまっすぐ前を見つめたままだ。「ああ」

「ほかに話していないことは？」

「実はたくさんある」

「たとえば？」

「いろいろだ」クラインはレッドを見た。「言っておくが、いくつか打ち明けたところで、わたしが何者かは変わらない。慎重な取り扱いが必要な機密情報を扱っている。それを教えるわけにはいかない。違法行為だ」

胸にこたえた。レイダースの一員だったレッドの機密情報アクセス権なら、その機密について議論できただろう。またひとつ、自分が失ったものを思い知らされた。

「向かう先は大嵐《おおあらし》かもしれない」と彼は言った。「あんたが背後を守ってくれるか知っておく必要がある」

「これまでずっと期待を裏切ってきたと言ったら、人生最大の控えめな表現だろう。背後の守りはまかせろ」

「わかった」

「償いに、やれることをやるつもりだ。信じてくれ。きみを守る」

まさしくレッドが聞きたかった言葉だ。生まれてからずっと。

だが、嘘の訓練を積んだ人間が口にする言葉でもあった。

クラインは付け加えた。「きみのためでなくても、自分のために」

レッドは相手の目をじっと見た。

そろそろこの男を信用してもいいころか、と彼は思った。

間違っていたら、すぐにわかる。

ボイトから幹線道路で一五キロほどの〈ゲージ《G》・フード《F》トラスト《T》研究所《R》〉の前に、レッドはラプターを止めた。小さいながら要塞《ようさい》化された警備小屋の左右に遮断機があり、許可がないと車は出入りできなくなっていた。刑務所の庭のようにレーザーワイヤーが張られた二重のサイクロンフェンスが施設を取り囲んでいる。ひとつ欠けているのは武装警備員が見張っている監視塔だ。その代わり、施設の周囲に監視カメラが数十台設置されていた。

女性の警備員がレッド側の窓へ近づいてきた。〈GFTRセキュリティ〉社の帽子をかぶり、太腿のホルスターにクロームメッキのM1911自動拳銃を差している。飛行機操縦用のサングラスをかけたまま、彼女はにこやかな顔を向けた。「ご用でしようか?」

「ビクトルとアナスタシアのペトリク博士夫妻に会いにきた」

「わかりました。許可証は?」

「何だって?」

「施設に入る許可証をご友人が手配しているはずですが」

レッドはシャツのポケットをごそごそと探した。「家に置いてきたにちがいない」

「でしたら、施設に入ることはできません」

「連絡は取れますか?」

「誰に?」

「ペトリク夫妻に」

「申し訳ありません。その名前の人がここで働いているかどうか、わたしには確認したり否定したりする権限がないんです」

レッドは大きな施設を指さした。「しかしいま、ここで働いていると言った」

「いえ、ここにご友人がいらっしゃるなら、その方が許可証を手配しているはずだと申し上げたんです」

「きみのコンピュータで調べられないのか？」

「残念ながら、その情報にはアクセスできません」

「許可はどうやって取ったらいいんだ？」

「ご友人に連絡し、警備室を通じて手配してもらってください」

クラインは駐車場わきの〝警備室〟という標識が付いた小さな建物を指さした。

「どうしてあそこへ行って許可をもらってはいけないんだ？」

「このゲートを通るには許可証が必要で、それをお持ちでないと行けないからです」

別の警備員、四角いあごをした男性がクライン側の窓へ近づいてきた。男は指の関節で窓ガラスをノックし、クラインが窓を開けた。

「何か問題が？」

「問題はない」クラインはＦＢＩの身分証入れを取り出して、さっとひらめかせた。

「この施設で働いている二人に会いにきた。少し質問をしたくてね」

警備員は身分証明書を確かめた。「ええと、クライン特別捜査官、偉大なる母国への奉仕に感謝します。警備室が発行した訪問許可証、もしくは正式な捜査令状をお持ちであれば、当施設に入ってどの従業員に質問することも可能です」

「難しい方法もあれば、簡単な方法もある」とクラインは言った。「難しい方法とは、わたしが令状を取ってきて、もっと大勢の人に質問することだ。簡単な方法とは、きみが何も言わずにプロらしい礼節を持ってわれわれを通してくれることだ」

男性警備員は微笑を浮かべた。「難しい方法のほうですね」

レッドがレーザーワイヤーを指さした。「きみたちはいったい何を隠しているんだ?」

警備員の笑みが消えた。「ここは世界的な研究施設であり、ふれあい動物園ではない。アントン・ゲージ博士は世界の人々に食糧を供給しようとしている。お二人は今日、お腹を空かせた子どもたちのために何をしてきたんですか?」

「ありがとう」とクラインは言い、窓を閉めた。そしてレッドに顔を向けた。「ここで時間を無駄にしているわけにはいかない。行こう」

十分後、レッドは州間高速道路九十号線を降り、ボイトへ向かう側道に入った。

人口二千人たらずの古風な趣のある町は、切手ほどの大きさもなかったが、町はきれいで、住宅街には並木道があった。レッドにここを訪れた記憶はなかったが、もう少し小さいという以外、ウェリントンと大差ないように見えた。

大通りを外れた静かな通りへラプターを進ませ、制限速度の時速三二キロまで速度を落とした。クラインが前方を指さす。「あの左だ」

「了解」私有車道に新型の青いトヨタ4《フォー》ランナーが駐まっていて、その後部ハッチが開いていた。アナスタシアの免許証写真とおおよそ一致する三十代のブルネットの女性がハッチを閉めて車内へ戻った。

「ツイてるぞ」

「車で乗りつけてドアをただノックするのか?」とレッドが尋ねた。「おれたち二人で乗りこんだら、怖がって逃げるかもしれない。武装している可能性だってあるぞ」

「ほかにいい考えがあるのか?」と、クラインが尋ねた。

「武器は携行しているか?」

「公務で来たわけじゃない。家に置いてきた。きみも武装はしていないだろう?」

レッドは首を横に振った。彼の知るかぎり、ルガーはいまも〝バッファロー戦士〟の二人が死んだ事件の証拠品として押収されたままで、保安官事務所でどんな扱いを受けるかわからない以上、不信心者《インフィデルズ》のバイカーから奪った拳銃は置いていったほうがいいと判断したのだ。

「なら、一か八かだ」

「別の考えがある」レッドの車は家を通り過ぎて左へ折れ、大通りへ戻った。

「どこへ行くんだ？」

「あんたはどうか知らないが、おれは腹が減った」

二十分後、レッドは笑みを浮かべて、巨大なピザの箱を片手にペトリクの家の玄関ポーチへたどり着いた。ラプターはポーチから直接見えない半ブロック先に駐めてきた。

レッドがドアの枠を叩くと、アナスタシア・ペトリクとわかる女性がすぐに現れ、とまどいの表情を見せた。埃まみれでしわくちゃの作業着を着ていて、引っ越し用の箱がリビングに積まれていることからみて、荷造りに追われていたようだ。彼女は閉まった網戸の向こうからレッドを見た。「はい？」

「ダブルチーズの〝ビッグ・スカイ・スプリーム〟を、ビクトルさんにお届けにあがりました」

「間違いないですか？」彼女はウクライナ訛りの軽やかな声で尋ねた。

レッドはドア枠にねじこまれている住所の番号を確かめ、箱の上の受領書を叩いた。

「これがもらった住所です」彼は眉間《みけん》にしわを寄せた。「よくあるいたずら注文だなんて言わないでくださいよ。わたしの小切手から引かれるんだ」

彼女はいらだたしげに顔にしわを寄せて振り向いた。「ビクトル！　あなた、ピザを注文――？」

この隙《すき》をレッドは待っていた。ピザの箱を放り投げ、網戸を力まかせに引き開けると、安全ラッチを留めているヤワなネジが古いドア枠からちぎれ飛んだ。

アナスタシアが反応を起こす間もなく、レッドは大きな手で顔の下半分を覆った。彼女を中へ押しこみ、カウチのほうへ移動させるあいだに、クラインが後ろからすべりこみ、玄関ドアを閉めた。

地下へ続く木の階段から重い足音が響き、ウクライナ語で罵りの言葉がつぶやかれた。直後にビクトル・ペトリクが角を曲がってリビングへ入ってきた。「いったい何の――？」男が二人いて、その一人に妻が捕まっているのを見て、ビクトルはぎょっとした。「何の用だ？」

「情報をもらいたい」とクラインが言った。親指でさっとレッドを示す。「自発的に提供してくれてもいいし、このやくざ者に力ずくで引き出されるほうがよければ、そっちでもいい」

ペトリクは不安もあらわにゴクリと唾を飲みこんだ。「何を知りたいんだ？」

クラインはリビングでガムテープをひと巻き見つけた。レッドと力を合わせ、一分とかからず、夫婦を食堂室の椅子に座らせて背中合わせに縛った。

「やくざ者？」とレッドはつぶやいた。「そんな表現しか思いつかなかったのか？」

クラインは肩をすくめた。「効果はあった」

レッドはぎょろりと目をむいた。

クラインは別の椅子を引き寄せてビクトルの前に置き、そこに腰を下ろした。「さて、きみたち二人にはあまり時間がないから、簡単に済ませよう。ウィロウが来るのはいつだ？」

「ウィロウ？」とビクトルは返したが、少し反応が速すぎた。「ウィロウって誰だ？」

「ヴェルバだ！」とクラインが叫んだ。「まぬけのふりはやめろ」

「そんなことは――」

レッドが科学者のあごを平手で打った。軽く叩いただけだが、ビクトルの頭はＫＯパンチを食らったように横へはじけた。顔の側面にミミズ腫《ば》れのような巨大な跡がついた。

アナスタシアが叫んだ。「彼に手を出さないで、ケダモノ！」

レッドはクラインをちらりと見た。「やくざ者よりましか？」

クラインは聞き流した。「ウィロウのことを話さないと、次は奥さんが食らう」

レッドはしかめ面をどうにか抑えこんだ。クラインのせりふははったりとわかっていた……というか、そう願っていた。

〝女性には絶対手を上げるな、マッティ〟と常日頃からJBに言い聞かされていた。〝どんなに腹が立ってもだ〟

ビクトルは心底おびえた表情を浮かべていたが、それはクラインの脅しによるものではなかった。「研究室の外で彼のことや彼のプロジェクトのことは絶対話してはならないと警告されている」

「それを守らなかったら？」

「想像もつかない」

「怖いのか？」とクラインが尋ねた。

ビクトルはうなずいた。

レッドが平手打ちの準備をするかのように手を持ち上げた。アナスタシアが罵りの言葉を発して唾を吐いた。

クラインがビクトルのあごを手で持ち上げた。「ここにいるわたしの友人はもっと怖いぞ」

ビクトルは唾を飲みこんだ。「何を知りたいんだ？」

「ウィロウのことだ」

「ウィロウ？　カルデラ博士のことだな？」

これを受けてクラインは脅しの声を強めた。「カルデラはもう施設にいるのか？」

ビクトルはいっそう混乱し、額にしわを刻んだ。「いた。われわれが帰る直前に帰ったはずだ」

「行き先は？」

「知らない」

レッドはまた手のひらでビクトルのあごを叩いた。今回は少し力を強めて。

「彼は何も知らないのよ！」とアナスタシアが金切り声をあげた。

「ふざけるな、ビクトル」クラインが怒鳴った。「わたしの友人は辛抱強くないぞ」

「知らない、誓って言う。ここに一週間……ひょっとしたら十日いたかもしれない……でも、用は済んだ」

「どんな用だ？」とレッドが訊いた。

アナスタシアが恐怖に目を見開いて彼を見上げた。「知らない！　彼はプロジェクトのリーダーだった。仕上げラボで仕事をしていた。わたしたちがいたのはもっと下の部門よ」

「説明しろ」とクラインが言った。

「わたしたちはいくつもの部門に分かれて、それぞれが別の要素に取り組んでいるの。

車の組み立てラインみたいに。わかる?」

「なぜだ?」

「秘密を守るためよ。誰もプロジェクト全体を把握できないようにしているの。カルデラ博士とゲージ博士は知的財産の守りを固めたい。仕上げラボは最終製品の組み立てをしていたところよ」

「続けろ」

「細かいことは知らないけど、大まかに言うと、わたしたちは遺伝子組み換え小麦を開発しているの。高たんぱく、高栄養で、虫害や干ばつに強い品種を。わたしたちの役目はさび病を引き起こす反応の制御法を開発することだった」

「さび病?」

アナスタシアはなんとか声を出した。「プッチニア。広がりの速い真菌感染症よ。感染を防ぐ方法を遺伝的に設計しようとしていた。免疫反応のような」

ビクトルが割りこんだ。「ゲージ博士はこの新種の小麦を流通させることで、世界じゅうに食糧を供給したいと考えている。彼の財団が価格補助をすることで」

クラインとレッドは不安げに顔を見合わせた。これは本当に人道的な食糧プロジェクトだったのか?

いや、ちがう。知的財産か何か知らないが、ゲージとカルデラは人殺しだ。レイダースの部隊。JB。ゲージがここで何をしようとしているにせよ、いいことであるはずはない。

「カルデラはいま、どこへ向かっている？」

「あんたたちは誰なんだ？」とビクトルは尋ねた。少しでも友好的な情報交換をすれば、そこから新たな抵抗の手だてが見つかると、思い違いをしているようだ。

「誰だろうと関係ない」レッドの声は岩石粉砕機《ロッククラッシャー》の中の砂利《じゃり》を連想させた。「おまえたち二人は〈スペイディーズ・サルーン〉という店でウィロウの話をしていた。高齢の男がそれを耳にした。聞かれたと思ったから、警備隊に連絡した」

ビクトルはゴクリと唾を飲みこみ、レッドはついに真実を突き止めたと確信した。

「どういう状況か説明しよう」クラインが話を引き継いだ。「その高齢者が死んだのは——ゲージの警備隊に殺されたのは、きみたちが余計なことをしゃべったからだ。知られた可能性を恐れて高齢者を殺すくらいなら、プロジェクトが完了したいま、きみたちはどうなるだろうな？」

「だったら、なぜわたしたちはまだ生きているの？」と、アナスタシアが尋ねた。

「担当していた仕事が重要だったからだろう。しかし、プロジェクトが完了したいま、やつらはどう考えるか？」クラインは肩をすくめた。「きみたちは後始末が必要な未決事項になった。いま、きみたちに残された唯一のチャンスは、知っていることを全部話すことだ。子どもだましの簡略版ではなく、研究についての確かな情報を。見返りは当面の保護拘置だ。司法取引をすれば投獄は免れられるかもしれない」

科学者二人はひそひそ声のウクライナ語で話し合った。レッドはクラインの目を見、彼がこの言語を完全に理解していることがわかった。

「わかった、わかったよ」と、ビクトルがクラインに言った。「これからカルデラはその製品を別の施設へ運ぶ」

「どこだ？」

「知らない」

レッドが手を上げて甲を見せた。

「知らない！　誓って本当だ！」

クラインが片手を上げてレッドを制した。「施設はいくつある？」

「世界じゅうに？　どうだろう。五つか？　もっとあるかもしれない。オープンに議論されたことはない」

「どこにある？」

「知らない」とアナスタシアが言った。「組織全体が区分《コンパートメント》化されているから」

「アメリカでの話か？　外国でもか？」

「イエスともノーとも言えない。両方かもしれない。わたしたちは知らない」とアナスタシアは言った。

「わかった、よかろう。彼がどこへ向かうか、きみたちは知らない。出発はいつだ?」

「たぶん……もういまごろ」とビクトルが言った。

最後のひと言が口をついたとき、ビクトルの右側頭部が外へ破裂し、後ろの黄ばんだ壁紙に血と組織が飛び散った。頭が横に揺れてだらんと力を失い、椅子に巻きつけたガムテープだけで体はまっすぐ保持されていた。

アナスタシアが口を開いて悲鳴をあげかけた。彼女を横倒しにして救おうとクラインが椅子から立ち上がったが、一瞬遅かった。二発目の銃弾が彼の肩をかすり、そのまま彼女の顔に命中した。アナスタシア・ペトリクの頭蓋《ずがい》の中身も壁に飛び散って、夫の頭蓋の中身といっしょになり、椅子が横倒しになってクラインが二人の上に覆いかぶさった。

レッドが床に伏せているあいだに、さらに銃弾が十数発、窓を突き破ってキッチンの壁にめりこんだ。一斉射撃が終わる前から、犯人の居場所だけでも突き止められないかと、レッドは床を這《は》って玄関ドアへ向かっていた。銃声がやみ、もう用心の必要はないとわかったが、それでも慎重にドアを通り抜けた。ドアから出ると同時に、大きなSUVの後部が通りへ消えていくのが見えた。距離はあったが、誰の車かはひと目でわかった。〈スペイディーズ〉の外の〝予約ずみ〟駐車スペースを二つ占拠していた黒いレンジローバーだ。

シェフチェンコか。

56

クラインはキッチンタオルを見つけて圧迫包帯代わりにし、肩に負った傷に当てた。軽くかすっただけだったのに、思った以上の痛みがあった。傷から血がにじみ出て、タオルの下のシャツはすでに黒く湿っていた。

少しして、レッドが急いで取って返してきた。「シェフチェンコだった。行こう！　いまなら捕まえられる！」

「そいつのことは忘れろ」とクラインが言った。「第一の標的はカルデラだ。ウクライナ人にはあとで対処する」

レッドはペトリク夫妻の息絶えた体を見下ろした。「あんたがしなくても、おれがやる」彼はひとつ間を置いてから、こう言い足した。「カルデラが次に行くのはどこだ？　メキシコへ戻るのか？」

クラインは身ぶりでドアを示した。その話は移動中にしようという意味だ。ラプターまで歩いていくあいだに、クラインが言った。「メキシコでの仕事は済んでいるはずだ。ウィロウとアントン・ゲージをつなぐものを、うちはひとつもつかめなかった」

レッドはリモコンでピックアップトラックのロックを解除し、乗りこんでエンジンをかけた。「出国するにしても、車で行くことはないだろう。アクセル全開でいけば、ボーズマン空港まで一時間十五分くらいで着く」

助手席でクラインがシートベルトを締めた。「ドライブ中に事故で死ぬのはごめんだと言ったところで無駄だろうな。来るとき通り過ぎてきた速度監視装置のことを忘れるな」

「FBIの魔法の紋章をひと振りすればいい」レッドはトラックのギアを入れ、道路にゴム跡を残して急発進した。

クラインはエアーポッズを装着して電話をかけた。

「どこにいるんですか?」と、ステファニー・トレッドウェイが尋ねた。「カルプが嗅ぎ回っています。あなたがモンタナ州にいるのを知っていますよ」

「彼女のことは忘れろ。ボーズマン国際空港を出発する全フライトの乗客名簿を調べてほしい。いまから夕方まで、いや明日までの」

「了解です」

ボイトを通り抜けて、ボーズマンへ向かう幹線道路へ戻ったところで、レッドは請け合ったとおりアクセルを全開にした。ラプターのボンネットの下でツインターボ四五〇馬力エンジンがうなりをあげ、スピードメーターの針が時速一三〇キロを超えてデジタル表示と一致した。クラインは反射的に頭上のつかまるところを握った。

町の外へ出ると、ボイトの町を取り囲んでいた文明の痕跡が消え、信じられないくらい広い大空の下に果てしなく続く黄金色の小麦畑へと置き換わった。さいわい、対処すべき交通量は皆無に等しい。ラプターが履いているＢＦグッドリッチの大きな全天候対応型タイヤが舗装路を突っ走っていき、その音が耳をつんざいた。エアーポッズを装着していなかったら、クラインには何ひとつ聞こえなかっただろう。

しばらくしてトレッドウェイの声が戻ってきた。「はいどうぞ、誰を探せばいいんですか？」

「カルデラという男だ。遺伝学者」

また短い間があった。「ＢＺＮ（ボーズマン・イエローストーン国際空港）を出発する便にその名前はありません。偽名を使っている可能性は？」

「どんな可能性もある。〝総当たり攻撃《ブルートフォース》〟しかあるまい」トレッドウェイが理解しているのはわかっていたが、じっと耳を傾けているレッドをちらりと見て、クラインは説明した。「乗客全員を調べろ。ＩＤ記録と照合するんだ」

「了解。あ、ほかにもわかったことがあります」

「何だ？」

「プライベートチャーター便がいます。デンバーへ向かう便です。乗客名簿に標的の名前はないけど、だからといって無視していいとは思えません」

「チャーター機の持ち主は？」

「〈ゲージ慈善信託〉という団体です。ボーズマン空港の運行支援事業者でもあります。それと、もうひとつ。これは電気飛行機です」

「ビンゴだ」クラインはレッドを見た。「ゲージの自家用機がボーズマンから飛び立とうとしている。出発はいつだ？」

「予定時刻は午後三時」

クラインはＧＰＳ画面の隅にある時計をさっと見た。二十四時間表示《ミリタリータイム》で一四二四時。

「間に合わない」

レッドは暗然とした面持ちでさっとクラインを見たが、そのあとアクセルをいっそう強く踏みこんだ。あきらめない姿勢にクラインは感心したが、三十五分で一三〇キロを踏破することはできない。

マーフィーの法則、ふたたび。

「ボーズマンの現地事務所に連絡しましょうか？」トレッドウェイが言った。「あるいは、連邦航空局《FAA》に地上待機を命じてもらうことも可能です」

クラインは検討したが、カルデラやゲージに直接行動を取ればこっちの手の内を明かすことになる。情報を漏らしているのが誰かわからないままそうすれば、またウィロウに指の間をすり抜けられるだけでなく、致命的な状況にもなりかねない。「だめだ。しかし、離陸を遅らせる口実がないか調べてくれ。三十分引き延ばしてくれたら充分だ」

「口実って、どんな？」

「わたしにわかるわけがない。創造力を発揮しろ。きみの十八番《おはこ》だろう」彼は電話を切ってレッドに向き直った。「引き続き運転を頼む」

レッドはにやりとしたが、道路に目を戻したとき、顔にふっとしわが寄った。「なんてこった」

クラインにも見えた。遠くに、おそらく八〇〇メートルほど離れた道路のわきに大きな黒い形があり、黄金色の畑とくっきり対照をなしていた。

「やつだ」レッドがうめくように言った。「シェフチェンコがいる」

「あいつは何を――？」

トラックの運転席に届いた銃声のような大きな音で、クラインの言葉が途切れた。

次の瞬間、世界が真っ逆さまにひっくり返った。

57

ラプターの左前のタイヤが裂けた。黒煙がもうもうと噴き出す中、スチールベルトを付けたゴムの塊がはじけ飛んでいった。たちまち車の進路がそれていく。運転しているのはレッドか。シェフチェンコは満足の笑みを浮かべた。なんとか車を制御しようと、勝ち目のない戦いに挑んでいる。しかし、あれだけスピードを出していた車だ、竜巻を乗りこなそうとするに等しい。

一瞬ののち、半トントラックは舗装路との接触を失い、質量×速度の慣性を受けて前へ転がり始め、そのあいだに車体の部品がはじけ飛んでいった。シェフチェンコがいる場所から二〇〇メートルほど手前で道を外れた。有刺鉄線のフェンスを突き破り、ぬかるんだ牧草地へ突っ込んでいく。土と植物の塊が紙吹雪のように舞い上がった。トラックは舗装路から一〇〇メートルほどのぬかるみを隔てたところで、ギシギシ音をたててようやく動きを止め、車に轢《ひ》かれて死んだ動物のように仰向けで煙を上げていた。

シェフチェンコは前輪の内側に取り付けておいた小さな簡易爆発物《ＩＥＤ》を起爆させるのに使用した携帯電話をポケットにしまい、その場に少しとどまって人が来る兆候がないか確かめた。

急いで道路を見渡したが、どっちの方向からも車は来ていない。レッドの最期を見届けたのは自分一人だ。まだ生きていたとしても、無力化した。シェフチェンコは得心し、レンジローバーに乗りこんでエンジンをかけた。

タイトターンでぐるりと方向転換し、レッドがフェンスを突き破った場所まで進んでいった。レンジローバーはゆっくり道を外れ、ラプターの残骸《ざんがい》のそばへ来るまでそっと進んでいった。通りかかった車が気づいて救助に駆けつけるかもしれないと、再度周囲を見まわしたが、車の姿はまったく見えない。

シェフチェンコは絶好の〝殺戮の地〟を選んでいた。このあたりは見渡すかぎり〈ゲージ・フードトラスト〉の土地だから、農民はいない。残骸が何日か発見されなくてもおかしくないくらいだ。むろん、乗っていた二人が電話をかけに出てこられないという条件付きではあるが。

シェフチェンコはＳＵＶを降り、残骸へ向かって駆けだした。ペトリク夫妻を仕留めるのには照準器《スコープ》付きのウィンチェスター30-30弾を使ったが、レッドとＦＢＩ捜査官を銃で仕留める必要が出てきた場合は、腰のホルスターに差したトリジコンＲＭＲ

レッドドットサイトを付けたグロック40Gen4一〇ミリ弾を使う。アメリカには数々の欠点があるが、モンタナのような州では、銃を隠さずに携行しても通行人に二度見されることがなく、そのあたりはなかなか悪ずれしている。

手ぬるいところもあるが。

シェフチェンコは助手席側の窓に近づいた。慎重に距離を置いて、膝をつき、中をのぞいた。レッドより年上の男がシートベルトに支えられて逆さまになっていた。意識を失い、額の裂傷から血を滴らせている。頭の下になった天井部分に血とガラスの破片が少量溜《た》まっていた。息はなさそうだ。あったとしても、失血死は時間の問題だろう。

よし。

もう少し近づくと、運転席でやはり逆さまになっているレッドが見えた。この位置では生きているかどうか見分けがつかないので、シェフチェンコは立ち上がって反対側へ向かい、また膝をついて、ガラスのなくなっている窓枠の向こうをのぞいた。

レッドも気を失っているようだが、もう一人ほどは血にまみれていない。あれだけの衝突にさらされたら、二人ともミキサーの赤カブのようにズタズタになっていそうなものなのに、信じがたい状況だ。まあいい。

さらにじわじわ近づき、レッドの脈を確かめようと手を伸ばした。

レッドは事故の衝撃で朦朧としていたが、チカチカする目の星を追い払い、物が見えてきたそのとき、シェフチェンコの輪郭が近づいてきたことに気がついた。シェフチェンコはトラックを回り、まずクラインを見てから運転席側へ向かってきた。

この時点でレッドには攻撃に出る準備が整っていた。

ウクライナ人はＪＢの鋭利なケース社製折りたたみナイフに腕を骨まで切り裂かれ、絶叫した。パニックに陥り、あわてて体を引き戻して、右腕から噴き出す血を左手で止めようとした。

レッドは細い刃でショルダーストラップを切断し、体を丸めて、逆さになった天井材へ四〇～五〇センチ落下した。割れたガラスに体を刺されたが、痛みにかまわず窓の隙間から外へ飛び出し、シェフチェンコを追った。

シェフチェンコがさっと顔を上げると、割れたガラス片を背中に張りつけたレッドが運転席から転がり出てくるのが見えた。シェフチェンコは出血している右の前腕をつかんだまま、レッドの突進を迎え撃とうと身構えた。山頂で支配権をめぐって激しく角を突き合わせる二頭のオオツノヒツジのように激突し、筋肉と骨がガシッと大きな音をたてた。レッドは大きく跳ね返されたが、どうにか踏ん張って転倒を免れた。

「殺す！」とシェフチェンコが吠《ほ》えた。

「さあ来い、おれはここだ」と、レッドは両手を広げて大きな声で巨大なウクライナ人を挑発した。

　それは間違いだった。シェフチェンコが巨体に似合わぬ稲妻のような動きを見せたのに対し、レッドは事故から受けたダメージで一拍、反応が遅れた。シェフチェンコは素早く踏みこんで、ミドルへの回し蹴りでレッドをラプターの側面へはじき飛ばした。レッドは体をくの字に折り、感覚を失った指からナイフがこぼれた。シェフチェンコが前進する。「爺《じじい》を殺すより、こっちのほうがはるかにすかっとする」彼は不敵な笑みを浮かべ、右足を引いてもう一発蹴りを繰り出した。

　いまのひと言がレッドの中で眠っていた怒りの貯蔵庫を開いた。ラプターを背に体を起こし、シェフチェンコが軸足にした左脚を両腕で抱えた。右の蹴りはレッドの肩をかすめるにとどまった。バランスを崩したウクライナ人の左脚にレッドは全体重をあずけ、自分より大きな体を草むらにひっくり返した。

　パッと立ち上がり、倒れた巨人に馬乗りになろうとしたが、シェフチェンコが反対側の足のブーツを繰り出してレッドを横倒しにした。利き腕が使えないウクライナ人は拳銃の台尻を握ろうと、左手をグロックに伸ばした。ところが、世界じゅうの軍隊と法執行機関で愛用されているサファリランド製ホルスターは、拳銃をつかんで親指でリリースボタンを押さないと銃が抜けない仕組みだ。逆の手で握ったシェフチェンコはグロックを外すことができなかった。

彼がそのことに気づくまでの数秒でレッドは馬乗りに成功した。ウクライナ人の首に両手を回して息の根を止めにかかる。

「マット、やめろ！　生け捕りにするんだ！」クラインがシートベルトと格闘しながらラプターの助手席から叫んだ。

殺意に満ちた憤激の靄《もや》の向こうから、クラインの声が届いた。クラインの言うとおりだ。シェフチェンコは生ける凶器で、このウクライナ人がJBの死刑を執行したのではないかとレッドはずっと疑っていたが、この人間凶器を振るったのが誰かについては推理を誤っていた。ワイアットではなく、アントン・ゲージだったのだ。

迷った一瞬でウクライナ人は必要な休息を得た。真っ赤になっていた顔がにやりと歯をむく。シェフチェンコの腕はレッドの腕より一〇センチほど長い。レッドの握力がわずかにゆるんだ隙にシェフチェンコは無傷なほうの腕を伸ばしてレッドの顔をつかんだ。太い指がレッドの眼窩の真下をとらえた。

レッドは大声をあげて首を絞めていた手を放し、左手でシェフチェンコの腕をつかんで、顔をつかんでいる手を外そうとした。シェフチェンコが鉄の手にいっそう力を込める。

レッドの顔に集中していたシェフチェンコには、地面に落ちたケース社製ナイフにレッドの右手が近づくところが見えていなかったが、刃が手首を切り裂き、骨まで切断して筋肉と皮膚を剝《は》いだときはそれを感じずにいられなかった。

シェフチェンコは血がほとばしる手を引き戻して悲鳴をあげた。

レッドは間髪《かんはつ》いれず、高炭素鋼の刃をシェフチェンコの目に突き刺した。体を引き離すいとまを与えず、ナイフから手を離すと同時に手のひらの付け根で柄の先端部分を打ち、刃と柄の半分をシェフチェンコの脳に深くめりこませた。

それでも怪物を屠《ほふ》るには至らなかった。シェフチェンコはその場に立ち上がり、つぶされた目から涙のように血をほとばしらせながら、フライパンのような顔にとまどいの表情を浮かべていた。両腕をだらんと垂らし、心臓が鼓動を打ったびそこから血が噴き出していた。

なぜこいつは死なない？

レッドは右の拳をシェフチェンコの顔面に打ちこみ、一歩後退させた。続いて左、さらに右と、鉄槌《てっつい》のような一撃を次々浴びせていくと、ついに巨人は倒れた。

レッドは精も根も尽き果てたまま、シェフチェンコの息絶えた体を見下ろした。

やっつけたよ、ＪＢ。仇《かたき》は討った。

58

敗れ去った怨敵《おんてき》を見つめながら荒い息をつくうち、レッドの中に残っていた最後の怒りも冷めていった。ウクライナ人に唾を吐きかけ、膝をついて、死んだ男の眼窩からJBの古いポケットナイフを引き抜いた。その汚れをシェフチェンコのシャツの前できれいに拭き取り、折りたたんでポケットへ戻す。

彼の肩を叩く手があった。クラインだ。意識を取り戻してなんとかトラックの中から逃れ出たものの、元気とは程遠い感じだ。顔は青ざめ、小さな裂傷が何十とあり、そこから血が流れていた。言葉を発するのも苦しそうだ。「行かないと」

「おれのトラックは壊された」

クラインがアイドリング中のレンジローバーを指さした。「あれを使おう。やつにはもう必要ない。カルデラを捕まえないと」

レッドはうなずいたが、立ち上がる前に手を伸ばし、シェフチェンコのホルスターからグロック40拳銃を取り出した。薬室に弾が入っているのを確かめ、ウエストバンドに押しこむ。

クラインはシェフチェンコのSUVに向かい始めたが、足がふらつき、地面に膝をついて、荒い息をついた。

「あんたは怪我《けが》をしている」

「息が……うまく入らない。胸を打った」

「ダッシュボードだな」レッドは彼が立ち上がるのを助け、レンジローバーの助手席側まで付き添った。肩の傷の出血を止められるものがないか、車内をくまなく探したが、結局、クラインがペトリク夫妻の家から持ち出したタオルを取りに、哀れな残骸と化したラプターへ戻るはめになった。そこから引き返してくると、クラインが弱々しい声で携帯電話に話をしていた。彼は電話を切り、レッドに向き直った。

「チャンスが生まれたかもしれない」と彼は言った。この発話努力が負担になったようだ。何度か短い息を継いでから、彼は続けた。「ゲージの飛行機が一時間の遅延を要請した」

レッドはその意味を理解した。「シェフチェンコを待っているんだ」

クラインはうなずいた。「かもしれない。しかし、やつに電話をして応答がなかったら、それ以上は待つまい」

レッドは運転席へ回りこんでハンドルを握った。「だったら、動きださないと」

　ボーズマン空港の格納庫の外にある駐機場には、エビエーション社の全電動旅客機〈アリス〉がいた。離陸直前まで電気モーターを始動させる必要がないため、尾翼と翼端のモーターは静止したままだ。長い翼に鋭角の尾翼、球根のような空気力学的形状を備えたアリスは、『宇宙家族ジェットソン』のためにデザインされたプロペラ機のようだ。エビエーションはイスラエルの会社だが、早くからアントン・ゲージの投資を受けていた。アメリカ初にして唯一の生産モデルをゲージが所有しているのは、だからなのだ。高効率の920kW《キロワット》バッテリーを備え軽量複合材を用いているこの航空機にとってデンバーの空港は楽に行ける範囲内にあり、ラファエル・カルデラはデンバーからゲージの別の飛行機に――彼をアルゼンチンへ送り届けるガルフストリームVに乗りこむ予定だった。

「一時間と言ったではないか」カルデラはアルミケースを両手に抱えたまま言った。

「もうその時間だ」

「もう少し」と操縦士は言った。「シェフチェンコを待ちます」

「置いていけ。わたしの任務のほうが大切だ」

「あなたの安全を守る男です。待ちましょう」

「スケジュールが――」

「時間はたっぷりある」

「いますぐ出発することを要求する」

「博士、あなたには、わたしに要求する権限はありません」操縦士はそう言ってにらみつけた。「とはいえ、シェフチェンコが時間に遅れることはめったにない。もういちど電話してみて連絡がつかなかったら、管制塔に電話して、離陸の許可をもらいましょう」

「間に合わない」ガラガラ音をたてて道の真ん中を走っている巨大なジョン・ディア製トラクターをぎりぎりで回りこんだところで、レッドは言った。ゲージの操縦士が遅延を要請した一時間がもうすぐ終わるというのに、レッドとクラインはまだ空港まで十分ほどかかるところにいた。

「頑張るしかない」

「あんたの連絡員《コンタクト》にもう少し遅らせてもらうわけにいかないのか？　爆破予告があったとか——」

レッドが急カーブを切り、クラインは頭上のバーを両手でつかんで顔をゆがめた。未舗装路から、錆《さび》だらけのスバル・アウトバックがすぐ前方の郡道へ飛び出してきた。レッドはクラクションを鳴らしてパッシングの合図を出し、死にかけたことに気づかないままのんびり走っているワゴンをビュンと抜き去った。

「爆破予告は使えない」クラインは何度か浅く息を吸った。苦痛に顔をゆがめている。

「大丈夫か？」

　クラインは質問を聞き流した。「それをやったら、連邦犯罪に問われかねない。管制官はその情報が信頼に足ると判断しないかぎり、しばらく何もしないだろう。そうなればウィロウはとっくに飛び立っている。唯一の希望は、飛行場へ乗りこんで離陸を阻止《そし》することだ」

　クラインは座席の背にもたれた。口が半開きで、汗びっしょりだ。

「あんたは怪我をしている」

「満身創痍なだけだ。たいしたことはない」

　だが、レッドは少なからず戦闘医療訓練を受けていた。「これは気胸の症状だ。胸《きょう》腔《くう》内の空気に圧迫されて肺が充分に膨らまない」

「死にはしない」クラインは苦しそうな息をした。「ウィロウは——」

「ウィロウのことは忘れろ。病院に行かないと」

「頼んでいるんじゃない。これは命令だ。いいから、空港へ連れていけ。早く！」

　ボーズマン・イエローストーン国際空港《BZN》はレッドが訪れた中で一、二を争う優れた小規模空港だった。滑走路は一本だけだが大型旅客機に対応できて〝12／30〟の指定を受け、ダラスやデンバーなど大規模な本格的国際空港と結ばれているため〝国際空港〟と呼ばれている。モンタナ州と同様、ＢＺＮは広く開放的で、気取りがなく、ホッとできる心地のよさがあった。

　音速の壁を破りかけながらも、どうにかスピード違反の取り締まりを免れたレッドは、ロータリーを突っ走ってエアウェイ大通りに乗り、カーブを切って空港への連絡道路に入ると、滑走路の真向かいにある運行支援事業者《FBO》〈ゲージ・ジェット・センター〉の施設へまっすぐ向かった。

　レッドは滑走路に一機だけいる飛行機を指さした。真っ白な機体にV字形の尾翼がついたカーボンファイバー製航空機は、彼から見て右手奥の〝30〟滑走路の端にいて、三つのプロペラが音をたてて離陸を待っていた。やや扁平《へんぺい》な感じの涙滴《ティアドロップ》形の横顔と大きな筐体《ナセル》を備えたこの飛行機のイメージは、機能的な航空機というより、昔の万国博覧会のポスターに図案化された装飾美術を思わせた。

「あれだな」

　レッドがそう言うあいだにも飛行機は動き始めた。

「遅かったか」クラインが顔をゆがめた。

「あきらめるな」レッドはアクセルを踏みこんだ。

大きなレンジローバーは速度を維持したままサイクロンゲートを突破した。レッドは左へ急カーブを切って滑走路に乗り、点検修理区画と主滑走路を隔てる大きな草地へSUVを向けた。

「どうする気だ?」とクラインが叫んだ。

「滑走路をふさぐ。離陸できないように」

「何事だ?」カルデラは座席のそばの楕円《だえん》形の窓に顔を押し付けそうになりながら疑問を口にした。黒いSUVが猛然と草地を横切ってくる。

ヘッドセットを付けて管制塔の指示を待っている操縦士には彼の声が聞こえなかった。動揺した質問に返答がなかったため、カルデラはシートベルトを外して一メートル先にあるコクピットの扉を通り抜けた。操縦士の肩を揺さぶり、傾斜した幅の広い風防ガラスの左を指さした。

「見《ミ》ろ《ラ》! 見ろ《ルック》!」

風変わりな形の飛行機が前方へ飛び出したのを見て、レッドは罵りの言葉を吐いた。

「マット……」

レッドはブーツが床に当たるまでアクセルを踏んだ。レンジローバーは柔らかい草の上を揺れ動いてわずかに方向をそらしたが、そのまま猛然と突進した。

飛行機が速度を上げる。

レッドも速度を上げげた。

彼は飛行機とレンジローバーの速度差を計算した。状況は不利だ。「頑張れ！」と、彼は大声で車を叱咤《しった》した。

できることはただひとつ。彼はハンドルを切った。

「マット……」クラインがささやきに近い声で言った。

レンジローバーは向きを変えて加速し、距離を詰めた。

「マ、マット」クラインはなんとか声のボリュームを上げた。

フロントガラスに白い飛行機が迫る。

「マ、マット！」

飛行機が加速した。前輪が持ち上がる。だが、レッドが先だった。

空のビール缶を打つ大ハンマーのように、レンジローバーは飛行機の胴体に激突した。飛行機は滑走路で横倒しになり、着陸装置がへし折れ、長さ八メートルの翼の片方がアスファルトに当たって折れた。飛行機は曲げられた肘のように真ん中で折れ曲がった。

レッドは衝突直後にブレーキをかけて、転がっていく飛行機をよけた。鋼鉄製のバンパーケージを装備したSUVは衝撃を乗り切り、表面的な損傷にとどまった。レッドはギアを駐車《パーク》に入れて運転席から飛び降りた。遠くからサイレンの音が近づいてきた。消防車と思われるが、ひょっとしたら警察もいるかもしれない。

レッドは飛行機の客室扉へ突進し、そこを開いた。体をかがめて中へ入る。室内には早くも刺激的な黒煙がたちこめていた。コクピットに奮闘している人影が見えた。燃えている残骸から抜け出そうとしている操縦士か。

そのあと別の人影が見えた。客室の床に大の字になり、激突の衝撃で首が妙な角度に曲がっていた。衝突の際シートベルトをしていなかったらしく、吹き飛んで隔壁に叩きつけられたのだ。

これがカルデラにちがいない。

ウィロウだ。

レッドは男の上にかがんで膝をつき、脈を確かめた。

「死んでいる」と彼は告げた。「首の骨が折れている」

「あのケース」クラインが扉枠に寄りかかったまま言った。死んだ科学者から何歩か向こうの床に落ちているアルミケースを彼は指さしていた。JBの古いタックルボックスくらいの大きさだ。

レッドがそのケースに向かって駆けだした瞬間、操縦士がシートベルトを外すことに成功し、床に落ちてうめき声をあげた。レッドが反射的にそっちを振り返ると、血まみれの操縦士が立ち上がろうとしていた。

ハンナ・ゲージ。

レッドはぽかんと口を開けた。冗談だろ。

額に走る裂傷から血が流れていたが、彼女は歯をむきだして猛々《たけだけ》しい笑みを浮かべた。「見送りに来てくれたの、マッティ？」

レッドはウエストバンドのグロックに手を伸ばしたが、ハンナのほうが速かった。右手を持ち上げ、小型ながら殺傷力の高いシグザウエルＰ２３８の狙いをレッドの心臓につけ、引き金を引いた。

59

レッドの左耳のほんの数センチ先で、弾丸が空気を震わせた。ハンナが引き金を引く瞬間、クラインが踏みこんで彼女の顔面を殴り、大きくではなかったが武器の狙いをずらすことに成功したのだ。ハンナはその場にばったり倒れた。

レッドは無意識に止めていた息を吐き出し、アルミケースを回収した。それをクラインの手に押しつけ、ハンナのところへ戻った。

「女は放っておけ。行こう」クラインがそう言って、咳《せ》きこんだ。「目的は果たした」

「ばか言うな」レッドがハンナを抱え上げたそのとき、消防車がキーッと音をたてて止まった。消防服一式に身を固めた男が二人、飛び出してレッドたちに向かってきた。

「女性の怪我は？」と、消防士の一人が訊いた。

レッドは男を押しのけた。「気を失っているだけだ」

二人目の男がレッドの腕をつかんだ。「その人を連れてどこへ行く？」

クラインがＦＢＩの身分証をさっとひらめかせた。「諸君、これは国家安全保障上の緊急事態だ。ここからはわたしが引き受ける。しかし、何がなんでも、この飛行機は救え！」

二人の消防士は不安げに顔を見合わせたあと、クラインの命令を実行するため消防車へ戻った。

レッドはハンナをレンジローバーの後部座席に放りこみ、クラインは自分の側のドアを勢いよく閉めて、苦しげな息の下で「いけ！　いけ！　いけ！」と急《せ》き立てた。

レッドはレンジローバーのアクセルをぐっと踏みこみ、来た道を戻っていった。ＳＵＶが滑走路から草地を横切るあいだに、緊急車両があと二台、炎と黒い油煙に包まれている実験機のそばで急ブレーキをかけて停止した。

消防士や救急隊員が炎上している飛行機に気を取られているあいだに彼らは逃げ出すことができた。

「さて、どうする？」さきほど通り抜けたサイクロンゲートを通過したところで、レッドが訊いた。

「スズメバチの巣を蹴ってしまった」クラインは言った。「身を隠す必要がある。それと、応援が必要だ。地元の警察に連絡できないか？」

レッドはかぶりを振った。ブラックウッド保安官はゲージの支配下にあり、シェーン・ヘップワースはハンナにのぼせ上がっているから、理性的な行動を期待できない。

「その女を連れてきたわけを説明してくれないか？」クラインは後部座席で動かない女に親指を突きつけた。「つまり、見た目は悪くないが……」

「そいつはハンナ・ゲージだ」

クラインが大きく目を見開いた。「これは今日きみがした中でいちばん愚かな行為なのか、それとも、いちばん賢明な行為なのか」

レッドは肩をすくめた。「信じられないよ、女を殴るなんて」

「まあ、自分の子を捨てたくらいだからな」クラインはため息をついた。「生まれてこの方、いろいろひどいことをしてきた。それに、この女はきみを殺そうとした」彼はハンナを振り返り、それからレッドを見た。「対処すべきはウィロウのプロジェクトだ。この女は必要ない」

「こいつは何らかのかたちでプロジェクトの一部を担っている。それがどの部分か知りたい。今回の事件について、おれたちはまだ梯子のいちばん下に足をかけたにすぎない。それに、この女には報いを受けてもらう必要がある」

クラインは即答せず、前方を見つめた。車はがらんとした風景を横断する二車線道路にいた。「どこへ行く気だ？」

「安全な場所がある」レッドはアクセルをぐっと踏みこんだ。「しっかりつかまっていろ」

レッドはＧＰＳの助けを借りて、使われていない側道と農道を何本か走り抜け、交通量の多い道路やハイウェイ・パトロールが目を光らせていそうな場所を避けて、大きく円を描くように進んでいった。火の見櫓《やぐら》やこの地域の大牧場を二つ通ってウェリントンのほうへ戻っていく牧場道路はＧＰＳに表示されないが、レッドにそれは必要ない。このあたりは自分の庭のように熟知していた。

クラインはあまり口を開かなかったが、呼吸が徐々に荒くなっていた。

「大丈夫か？」とレッドは訊いた。愚かな質問だ。大丈夫でないのは明らかだった。

「あとどれくらいだ？」

「三十分くらいか。わけあって絶景ルートを通っている」

クラインはうめき、空港を出てからずっと膝の上に載せてきたアルミケースに目を落とした。「この中だが、何が入っていると思う？」

「たぶん、おれたちが手を出すべきものじゃない。もしカルデラが本当にウィロウなら……ウィロウだったなら……一種の生物兵器かもしれない。無理やり開けたら中身が破壊されるようなブービー爆弾が仕掛けられている可能性もある。ＦＢＩにそのたぐいを処理できる人間はいないか？」

「そこにはひとつ問題がある。局の誰を信用していいか、わかっていない」

レッドがルームミラーに目をやると、ハンナが身じろぎしていた。彼はクラインにうなずきを送った。「中身は何か、彼女に教えてもらおう」

クラインは座席で体を回して彼女のほうに顔を向けた。「ハンナ・ゲージ?」

彼女の顔には固まった血が縞《しま》状に付着していたが、澄んだ目は怒りをたたえていた。「誰なの、あなたは?」

「FBIのギャビン・クライン特別捜査官だ。きみを逮捕する」

「何の罪で?」

「思いつける罪状は半ダースほどある。手始めに大量破壊、テロ、殺人用兵器の輸送。もっと続けてほしいか?」

彼女はキッとなって頭を後ろにそらした。「そんなことはしていない」

クラインはアルミケースを掲げた。「ここに何が入っているかは知っているし、その裏にウィロウことカルデラがいることもわかっている。しかし、あの男は死に、きみは生きている。だから、刑務所に入ってとても長い刑期を務めるのは、きみだ」

ハンナはにこやかな笑みを隠そうとしなかった。「あなたはそこに何があるか知らない。推測しているだけよ。開けたわけないんだから」

「なぜわかる?」

「開けていたら、みんな死んでいるからよ」

はったりだ、とレッドは思ったが、この尋問はクラインにまかせることにした。弱ってはいても思考はしっかりしているようだ。

「中身を知るのに開ける必要はない」

彼女は前に身を乗り出した。「まぬけなあなたたちには相手が誰で何かもわかっていないのよね？」

「教えてくれ」

ハンナの目がルームミラーの中のレッドを見つけた。「この人はあなたの友達なの、マッティ？」

「友達というわけじゃない」

クラインが顔を曇らせた。「彼を〝マッティ〟と呼ばないほうがいい」

ハンナの目はレッドの上にとどまった。「興味深いこと。クライン捜査官、だった？　これ以上こじれないうちに、上司に連絡したほうがいいわよ」

「そんな必要がどこにある？」

「あなたの上司か上司の上司は手を引けと言うはずだからよ。あなたの権限を超えているって」

「いずれわかる」とクラインは言った。

ハンナはレッドを見つめたまま、不意にこう言った。「取引しましょう。情報と免責の交換よ」

だしぬけの方針転換を聞いてクラインは笑った。「われわれの権限を超えているという話はおしまいか」

「なぜとつぜん協力しようとする？」とレッドが尋ねた。

「こうなった以上、どうせわたしは始末される。あなたたちが何をしたか、いまは知らなくても、いずれ彼らの知るところになれば、あなたたちを狙ってくる。わたしは死にたくない。万一わたしたちが明日まで生き延びられた場合も、刑務所には入りたくない」

「わたしにそんな取引をする権限はない」とクラインは言った。「しかし、いま何か教えてくれたら、あちこちに電話をかけ始めよう」

「何を知りたいの？」

「そうだな、まず、きみを殺そうとするときみが思っている者たちの話から始めよう。きみの父親がすべて取り仕切っているものと思っていたのだが」

ハンナは首を横に振った。「父はもっとずっと大きな機構《マシン》の小さな歯車にすぎない」

「機構《マシン》って、どんな？」

彼女は目を輝かせた。「タイムマシンよ。地球の時間を巻き戻して、この惑星を救う方法」

「意味がわからない」

「わたしたちの惑星は死にかけている。少なすぎる資源をめぐって、あまりに多くの人が争っている。今世紀を乗り切るには劇的に人口を減らすしかない。その実現に尽力している、小さいけど、とてつもなく強力な集団があるの」

「ジェイムズ・ボンド映画の筋書きみたいだ」とレッドが言った。

「そのとおりよ」彼女はクラインの膝に載ったアルミケースを指さした。「そして、そのカギを握るのがそれ」

「続けろ」

「ジョージア・ガイドストーンを知っている?」

レッドはクラインをちらりと見たが、彼はただ肩をすくめた。

ハンナは続けた。「一九八〇年にジョージア州エルバート郡に建てられた記念碑《モニュメント》よ。そこには十の道しるべ《ガイドライン》が刻まれている――その指針に従う勇気さえあれば、人類は黄金時代を迎えることができるのよ」

「どこかのカルト宗教みたいだ」レッドがつぶやいた。「そのモニュメントを建てたのはいったい誰なんだ?」

「いま言った集団よ。指導者は十二人しかいないから、非公式に〈十二人《トウエルブ》〉と呼ばれている。わたしの父もその一人。ほかの人たちの素性は知らない。でも、彼らはカルトでないと断言できる。このガイドラインは迷信や呪術的思考でなく理性と論理に基づいている。考え方の違いをわきに置いて共通の言葉で団結することを求めている。無限につまらない法律には目をそむける。個人の権利と社会的義務のバランスを取る。無限との調和を求める。自然が繁栄できる余地を残す」

「楽園《パラダイス》のようだ」とクラインが言った。「大量破壊兵器の開発について、そのガイドラインはどう言っているんだ？」

「第一の指針には、世界の人口は五億人を超えてはならないとある」

その意味をレッドが呑《の》みこむのに少し時間がかかった。「冗談だろう。七十億人を駆除する必要があるということか？」

ハンナはまた頭を後ろにそらした。「もちろんちがうわ。わたしたちは怪物《モンスター》じゃない。人口を減らすカギは殺すことでなく、出生数を減らすことにあるの」

クラインはアルミケースに目を落とした。「これは不妊化因子のたぐいなのか？」

「ざっくり言えば。カルデラ博士が最初のころ実験していたのは、女性を妊娠させないのではなく、恐ろしい先天性欠損症を生み出すものだった。それでも同じ目標を達成できたでしょうけど、父の仕事は赤ちゃんを殺すことではない。むしろ、資源が少なすぎる地球で生きる恐怖を、これから生まれてくる胎児に与えないようにしたい」

「どんな仕組みで？」

どこまで明かすべきか思案しているかのように、ハンナは口をつぐんだ。

「おまえたちの遺伝子組み換え穀物と関係があるんだな」と、レッドが先をうながした。そこで彼はビクトル・ペトリクが言っていたことを思い出し、「さび病と関係があるんだろう」と推測してみせた。

ハンナは彼にいわくありげな笑みを向けた。「ただのいい男じゃないと思っていたわ。〈ゲージ・フードトラスト〉は発展途上国の飢餓に苦しむ人たちに食糧を供給するため、成長の早い小麦、トウモロコシ、コメの開発にいそしんでいる。わたしたちの穀物はすでに何百万人ものお腹を満たしている。いいえ、数億人の。わたしたちが穀物に組みこんだ形質のひとつは、一般に〝さび病〟と呼ばれるプッチニア菌への耐性に関するものよ。植物は一般的なさび病には感染しないけど、カルデラ博士は特別な遺伝子操作をほどこしたプッチニア菌に感染しやすいよう植物を遺伝子操作した。カルデラ博士の開発したさび病菌は植物には害を与えない代わりに、日常食としてこの穀物を摂取した人間の体内で、自然に生合成されるコレステロールと反応してエストロゲンを増加させるホルモンを作り出すという点で、独特なの。その結果、発展途上国の出生率は大幅に低下する」

「つまり、これは――」クラインが再度アルミケースを掲げた。「遺伝子組み換え真菌ということか？　ほかにどれだけあるんだ？」

「カルデラ博士が培養したのはそれだけだけど、それで充分。いったん放出されれば、わたしたちの遺伝子組み換え作物の中で指数関数的に増殖する」

「ふつうの穀物はどうなる？」

ハンナはその質問に関心がないかのように肩をすくめた。

「状況を整理させてくれ」とレッドが言った。「小麦とさび病菌が協力してホルモンを作り出し、あとは体内の自然なプロセスがそのホルモンに反応するわけだ」

ハンナはうなずいた。「この方法なら、出生率が減少している原因が何か、誰も疑わない」

「納得がいかない」とクラインが言った。「世界で最も貧しい国々の出生率を下げたところで、五億人にはなるまい。百年経っても」

ハンナはまた肩をすくめた。「〈トゥウェルブ〉にはほかの戦略もあるそうだけど、わたしは何も知らない」

ほかの戦略？　レッドは思った。怪物でないとは笑わせる。

「十二人で全部それをやるのか？」

「〈トゥウェルブ〉は指導者で、世界最強の国々の政府に潜入した工作員のネットワークを通じてこの努力の調整に当たっているわ」

「闇の支配層《ディープ・ステイト》のことか？」

「それはひとつの呼び名ね。父は彼らのことを〝五百羅漢〟と呼んでいるけれど」

「ボスに電話しろと言ったのはそういうわけか。ＦＢＩにも誰かいるわけだ。誰だ？」

レッドは脈拍の速まりを感じた。クラインは自分の職場に情報の漏洩があるとほのめかしていた。その漏洩によって、ウィロウ捕獲作戦の遂行を前にレイダースの部隊は全滅した可能性がある。

「ドゥーデクという名前に心当たりはないか？」クラインがたたみかけた。「ケビン・ドゥーデクだ」

ハンナは腕組みをした。「もう充分でしょう。ありとあらゆる犯罪からの完全な免責を得られないかぎり、もうひと言もしゃべらない。どんな展開になっても、わたしの人生を取り戻せるように」

「ドゥーデクというのは誰だ？」クラインへの質問とわかるよう、レッドは声を低めて尋ねた。「そいつがおれの部隊を殺させたのか？」

「わたしの部署にいた人物だ。ＦＢＩがウィロウ包囲網を縮めつつあることを知っていた数少ない一人だ。定期的な監視によって、この男がプリペイド式の携帯電話で密会の段取りをつけていたことがわかった」

「その立証に穴がないとは言えない。ひょっとしたら浮気をしていただけかもしれない」

「実際、浮気はしていた。今日わかったことだが。しかし問題は、何日か前の夜、その男が誰かに刺し殺されたことだ。その不倫が彼を堕落させ、彼を操っていた人物が彼を脆弱部分《ウィーク・リンク》と判断した可能性が考えられる」クラインは説明の労力に耐えかねたかのように座席にもたれた。

レッドは決断した。「目的地へ向かおう。次の手は、そこに着いてから考えてもいい」

60

ワシントンDC

　アントン・ゲージは少し前にカナッペを断ったときと同じように、シャンパンの勧めも丁重に断った。パーティ会場には多くの人が詰めかけ、会話が飛び交ってざわついているにもかかわらず、この断りが見過ごされることはなかった。

「シャンパンがお気に召さないようでしたら」会の主催者ウィンストン・ラモット上院議員が言った。「実は、本棚にシングルモルトのボトルを隠してあります」

　ゲージは微笑んだ。「ありがとうございます、議員。しかし、サメのはびこる海で泳ぐときには頭をすっきりさせていたいもので」

　上院議員は口の端にためらいがちな微笑を浮かべた。肉付きがよく、中古車のセールスマンやテレビ宣教師や政治家の持ち味である牧歌的な気立てのよさを醸し出している。人間の性質に研究熱心なゲージは、こういう愛想のよさが偽りなのは明らかなのに、アメリカの特定階級の有権者はなぜそれにこれほど魅きつけられるのか、理解に苦しんでいたが、それを確実に利用できることは知っていたし、だからこそこの上院議員の再選キャンペーンにたっぷり寄付をしていた。

「サメのはびこる?」ラモットは含み笑いを漏らした。「わたしへの褒め言葉と信じていますよ、アントン。でも、怖がることはない。餌《えさ》をくれる手を嚙むほどわたしは愚かでない。だから、あなたが手に何も持たずに立っているのを見ると、とても心配になるんです」

ゲージは相手の上腕に手を置いた。「あなたのもてなしには何の問題もありませんよ、ウィンストン。お祭り気分でないだけです」彼は声を落として相手に一歩近づいた。「この話はまだ公にしていないが、昨日、息子のワイアットを亡くしました」

アントン・ケージが述べているのは事実だったが、彼が愁いに沈んでいる理由はそれではなかった。道を踏み外した息子のために涙を無駄遣いしたりはしない。実際、ワイアットを理事会から外してはどうかというハンナの提案を承認したときも、まったく迷いはなかった。あの子には更生の余地も贖罪《しょくざい》の余地もなく、その行き過ぎた行動はわたしが懸命に働いて積み上げてきたことを全部台無しにしかねなかった。

ようやくゴールが見えてきたというのに、心配の種は山ほどあった。

「息子は依存症と闘っていた」とアントンは続けた。多少話を盛っていたが、なぜかはよくわからない。「やっと安らかな場所を見つけたのだと思いたい」

「いやいや、それは」上院議員は手慣れた感じで同情を込め、ため息をついた。「なんと申し上げたらいいか。お悔やみを申し上げます」

「ありがとう、ウィンストン。この話は胸の内にとどめていただけるとありがたい。少なくとも……」個人秘書のダーラが彼の携帯電話を手に部屋を見まわしているのが見えて、ゲージはそこで言葉を途切れさせた。

不安が高まってきた。対面での交流を優先すべきと考えているため、どんな会にも通信機器は持ちこまない。それをわきまえているダーラが途中で割りこんでこようとしているのは、悪いことが起こったしるしとしか思えない。

頼むから、勘弁してくれ。苦労に苦労を重ねてやっとここまでたどり着いたのだ。〈トゥウェルブ〉はいい顔をしないだろう。

「ちょっと中座してよろしいですか、議員？」彼は返事を待たず、つかつかとダーラに歩み寄った。彼女は恐怖の表情で彼の視線を受け止めた。

「申し訳ありません――」と彼女は言いかけたが、彼は手を振って制止した。

「きみはわたしの指示に従っているだけだ」彼はそう言って彼女を安心させた。「知らせを運んできた使者を殺したりはしない」

ゲージは電話を受け取った。画面を見ると、モンタナ州の施設からかかってきた電話が保留になっていた。

「人目のないところでお話しになることをお勧めします」と、彼女は重々しい口ぶりで言った。

彼はうなずきを返して彼女のあとから会場の出口へ向かい、カクテル・パーティの喧騒《けんそう》から離れたところで保留を解除した。「わたしだ。どうぞ」

「警備室のボブ・シンプソンです。空港で事故がありました」

シンプソンは飛行機の衝突事故がありカルデラ博士の遺体が発見されたという知らせを伝え、そのあいだゲージは相手を遮ることなく話に耳を傾けていた。GFT‐17のことと、回収されたかどうかを訊きたかったが、シンプソンはあの作戦の詳細を知らされていない。シンプソンの説明が終わると、彼は尋ねた。「ハンナは？　それと、ローマンは？」

「現場から入った最初の報告によれば、ハンナはFBIの捜査官と身元不明のもう一人の男の手で連れ去られました。機内にはほかに誰もいませんでした」

「FBI？」ゲージの声が一オクターブ上がった。

「そう聞き及んでおります」

ゲージはふだんの抑制を利かせた口調に戻った。「連絡してくれてありがとう、ボブ。情報を追うとしよう」そのあと彼はこう付け加えた。「念のため、滅菌プロトコルに備えて施設をスタンバイさせてくれ」

「何とおっしゃいました？」

「聞こえただろう、ボブ」彼は通話を切るとすぐさま携帯電話のGPSアプリを開いた。十桁《けた》の識別コードを入力して見ているうちに、対応している追跡チップの正確な位置情報が地図上で更新されていった。

いまも信号は送られている。

位置を示す点はボーズマンから六五キロほど北の山野、ひょっとしたら地図にない道かもしれないが、そこをゆっくり移動していた。

ゲージは一人うなずき、シンプソンに電話をかけ直してさらに指示を伝えた。その作業が済むと、一定の落ち着きが戻ってくる感じがした。まだ危機が去ったわけではないが、自分の打った思いきった手で、事態が本格的な悪夢に発展するのは避けられるかもしれない。

もうひとつだけ、細心の注意を必要とすることがあった。彼はＦＢＩ情報部の連絡員に電話をかけた。

彼女は最初の呼び出し音で応答した。

「モンタナ州で何が起きているんだ？」と、彼は鋭い声で質《ただ》した。

「いま、状況報告を受けているところです」と彼女は答えた。その口調からも状況への危惧《きぐ》がうかがえた。「クラインがどうやってこの情報を知ったのかは謎ですが、彼はいま命令系統を外れています」

「その男に娘が捕まっている」

「承知しています。これからボーズマンの現地事務所へ向かいます。彼から連絡が入り次第、お嬢様をお連れするよう指示します。慎重な取り扱いを期して」

「慎重を期すにはもう遅い！」人のいないところへ出るようダーラが勧めてくれたことに彼は感謝した。「奪回部隊を送り出す。彼らが対処する」

「お嬢様の現在地はおわかりですか？」

ゲージは慎重に言葉を選んだ。「ハンナには追跡チップを付けてある」

「周波数を教えてください。わたしが彼女を取り戻します。部隊を動かす必要はありません」

「決断はすでに下された。きみはこの作戦への政治的な援護を提供してくれたらそれでいい」

「待ってくだ――」

ゲージは通話を切って秘書に携帯電話を返し、壁に寄りかかった。

この計画ですでに息子を失い、このあと奇跡が起きないかぎり、娘も失うだろう。ハンナとの思い出が頭に押し寄せてきたが、それが頭に届くと同時に記憶から押しのけた。いずれ悲嘆に暮れるときが来るだろうし、つらい経験になるのはわかっていたが、その前に成し遂げなければならない任務があった。

神が御子《みこ》を犠牲にしたのは人間の罪をあがなわせるためだったといわれる。わたしは二人の子を捧げた――精いっぱいの役目を果たした。

そう考えると多少心が慰められたが、奪回部隊がＧＦＴ‐17の回収に失敗したら、自分の払った犠牲は無駄になる。

61

モンタナ州

　レンジローバーがようやく山頂近くの古い狩猟小屋にたどり着いたとき、日は西へ傾き始めていた。実のところ、牧場の家からは車で二十分ほどの距離なのだが、すでに家や正面入口が監視下に置かれている可能性を考え、レッドは山の裏側を走る轍《わだち》の刻まれた、めったに使われない古いジープ道でこっそり接近して、ドライ・クリーク・ロードへ入ることにした。

　ロッジポールパインとウエスタンカラマツに囲まれた山小屋はレッドが子どものころの、お気に入りの場所だった。水道も電気も通じていないひと部屋だけの小屋だ。荒削りの板が老朽化して鉄のように黒くなっている。ＪＢが使っていた暖房用の小さな薪《まき》ストーブとコールマン製のＬＥＤランタンがあった。運よく、電池はまだ切れていなかった。ＪＢは雨水の貯水システムも備え付けていた。ブリキ屋根の雨どいを流れる水をポリ塩化ビニル製の五〇ガロン樽《だる》に貯め、手押しポンプで浄化して飲めるようにしてあり、床下の地下収納室には少量ながら食べ物の缶詰が常時備蓄されていた。

「まあ、リッツ・ホテルとはいかないが」三人が中に入ったところでレッドが言った。

「とりあえずはこれでなんとかなる」

「レトロなこと」ハンナがせせら笑いを浮かべた。

「くつろいでくれ」レッドは二つ並んだベニヤ板製の二段ベッドのひとつを指さした。リネン類や快適な暮らしに必要なものはない。寝袋向きの生活空間だ。

「初めていっしょに寝るときは、もう少し華やかな雰囲気だと思っていたんだけど」

レッドは聞き流した。「裏に屋外トイレがある。用を足す前に蜘蛛《くも》がいないか確かめておくといい」

「ロマンチックだこと」

レッドはクラインを下の寝台に寝かせた。まだ意識はあるが、呼吸は浅く速かった。顔は血の気を失い、汗びっしょりで、肌は青みがかった色を帯びていた。レッドは先刻の診断を確信した。気胸だ。

「お友達はまずい状況ね」ハンナが後ろから言った。「医者に診てもらう必要がある」

そのとおりだし、レッドもクラインもそれはわかっていた。しかし、病院へ行こうとすれば、ゲージの手下に……あるいは〈トゥウェルブ〉に……誰かしらに見つかるだろう。

「病院には連れていけない」レッドはきっぱりと言った。「しかし、病院を呼び入れることはできるかもしれない」

ふだんエミリー・ローレンスは仕事に忙殺されていて携帯電話が鳴っても気がつかないことが多いのだが、この日の夜は患者が少なく静かだったため、振動音を聞いてハッとした。携帯電話を取り出し、画面の番号に見覚えはなかったが、とりあえず出てみることにした。

「もしもし？」

「エム、おれだ」

彼女はとまどって眉をひそめた。「マッティ？」

こんな時間に、何？

「エム、よく聞いてくれ。ギャビンが負傷した。自動車事故に遭って呼吸が苦しそうなんだ。おそらく気胸だと――」

彼女は腹立たしい思いを忘れた。「救急車を呼んで」

「呼べない」

「だったら、ここへ連れてきて」

「それもできない。込み入った状況で、なんとしてもきみに往診してもらう必要がある。生きるか死ぬかの状況だ」

「なぜ連れてこられないの?」

背後から聞き覚えのある声が聞こえた。

「どうしたの、マット? 昔の恋人は忙しくて来られないの?」

エミリーの顔が熱くなった。「なぜハンナ・ゲージがいるの?」

「ギャビンが逮捕した」

「逮捕? ギャビンは人を逮捕できないでしょう。警官じゃないんだし」

「エム、電話では説明できない。しかし、おれたちはここを離れられないし、手当を受けないとギャビンが持ちこたえられるか心配だ」

エミリーは言ってやりたかった……カウボーイごっこはやめて大人になりなさい、と。だが、レッドの声は真剣だった。「どこにいるの?」

「二人きりになりたいときに行った場所を覚えているか?」

エミリーはまた顔を紅潮させたが、今度は怒りからではなかった。「もっと行きやすい場所を選べなかったの? 月面とか?」

「見つかりにくい場所にとどまろうとしている」

「まあ、それにはうってつけの場所ね」エミリーはナースステーションからリュックを取り出し、医療品を詰めこみ始めた。「いまから向かうけど、一時間はかかると思う。容態を安定させるために、できる限りのことをして」

「ありがとう、エム。きみは命の恩人だ」

「危険な状況？」

「おれの手に負えないことはない」

背後からハンナの声が聞こえた。「あら、そう。たくましい大男マッティの手に負えないことはひとつもないんだ」

「すぐに出る」エミリーは電話を切り、荷物を肩に担いで出口へ向かった。ドアを押し開け、しばらく外出すると受付の女性に言いかけたところでシェーン・ヘップワースにぶつかった。

エミリーはぎょっとした。「ここで何をしているの？」

「これはこれは」彼はにやりとした。「暇な夜でね。スティルウォーター郡一の働き者たちとコーヒーでも飲もうかと思ったのさ」

ヘップワースには珍しいことではない。常日頃から医療センターに立ち寄ってエミリーら女性スタッフの気を引いていった。保安官代理のしつこいアプローチは愛嬌《あいきょう》であると同時に腹立たしくもあったが、一線はわきまえているらしく、それを越えたことはない。

「ナースステーションのポットに淹れたてのコーヒーがあるはずよ」と彼女は言い、彼を押しのけてドアへ向かった。

駐車場を半分ほど横切ったところで、ブーツの音があとを追ってきた。「おい、待ってくれ。何をそんなに急いでいるんだ？」

エミリーはさっと振り返り、彼の決然とした目を見て、見え透いた言い訳でごまかすことはできないと思った。「マッティに会いにいくのよ、知る必要があるならだけど」

ヘップワースは片方の眉を吊り上げた。「本当なのか？　きみとやつが……」彼は手をひらひらさせた。意味深な仕草のつもりだろうが、幼稚な感じがした。

「あなたには関係ないけど、ちがうわ。彼の友人が自動車事故で負傷したの。往診を頼まれたのよ」彼女はくるりと踵を返し、また自分のトラックへ向かった。

ヘップワースが彼女と運転席のドアの間に割りこんだ。「友達って？」

彼女は眉をひそめた。「厳密には、あなたに話す必要はないことよ、シェーン。HIPAA法（医療保険の相互運用性と責任に関する米国の法律）の規定で、患者のプライバシーを守らなくちゃいけないから」

「ばか言え。自動車事故があったと言っただろう。だったら、それはおれの仕事だ。マットがこの町へ戻ってきてからゴタゴタ続きなのは言うまでもない」彼は自分の乗ってきたパトカーを指さした。「乗っていけ」

選択の余地はない。それに、マッティが困った状況に陥っているのなら、ヘップワースにしか提供できないたぐいの助けが必要になるかもしれない。

「わかった。行きましょう」

スチュアート・ブラックウッド保安官は暗い事務所で彼の友人ジムビームと座っていた。ボトルの蓋はまだ開いていないが、その状態が長く続く可能性は小さい気がした。

丸一年近く、よくやってきた。自助グループのミーティングで気持ちが和らぎ、たいていの夜は飲酒をこらえている感覚もないが、悪魔はいつもそばにいて弱気になる瞬間を待っている。

あるいは、注意がそれる瞬間を。

同僚の警官たちとちがい、この仕事を悲観してはいない。自分を堕落警官とも思っていない。誰も気にしないような規則を曲げることになっても、必要なことをして、一日一日を乗り切っていくだけだ。その結果陥る自己嫌悪をボトルは和らげてくれた。一九九一年のサダムライン突破作戦の際、塹壕《ざんごう》に生き埋めにしてきたイラク兵たちの悲鳴を静めるのに役立ったように。

どん底に落ちて初めて、自分がどれほど長く転落のスパイラルに陥っていたかが理解できた。すべてを——家族を、自尊心を——仕事以外のすべてを失った。それさえも嘘だ。いまもバッジを付けていられるのは、ゲージ家から手渡されたからにすぎない。彼らは自分をつくり直す機会をくれた。人生の残骸を置き去りにして、開放的なビッグ・スカイ・カントリーに没入するチャンスを。安定した給料を得られ、何より、地域社会の尊敬を得ることができる。必要なのは見て見ぬふりをすることだけだ。

しかしそんな折、ワイアット・ゲージが麻薬の過剰摂取によってこの郡で命を落とした。それで非難を浴びるのは誰だと思う?

自分の後ろ盾に連絡すべきなのはわかっている。それとも、医療センターのエミリー看護師に連絡すべきなのか……。彼女から一度ならず説得を受けた。だが、聞き入れる気になれなかった。

うやむやにして頭から葬り去るほうがずっと楽だ。

彼はボトルに手を伸ばした……

そこでドアが勢いよくノックされ、彼はボトルを倒してしまった。

「くそっ」とつぶやき、床に落ちる前にボトルを受け止めた。あわてて下の引き出しにしまい、少し気を落ち着けてから、「どうぞ」と声をかけた。

ドアが開き、短い黒髪に運動選手のような引き締まった体つきの若い女性がそこを通ってきた。彼女は中へ入ったところで、宙に漂っている彼の絶望を触知したかのように、次の一歩をためらったが、気を落ち着かせてそのまま前へ進んだ。机にたどり着くと、FBIの盾の紋章がついた身分証入れを取り出し、さっとひらめかせた。

「トレッドウェイ特別捜査官です」と彼女は告げた。「この地域の保安官ですか?」

「それは何かの冗談かい?」予期せぬ訪問への不快感を隠そうと、彼は低い声でそう尋ねた。事務所のドア口に連邦捜査官が現れたのは最悪の不安の裏付けなのか?

トレッドウェイはいまの質問を聞き流した。「保安官、ちょっと急いでいるので、単刀直入にお訊きしますね。この地域にいるマシュー・レッドという人と話をする必要があるんです。その人の家までどう行ったらいいか教えてもらえます?」

62

アルファ部隊は所定の位置についていた。

アルミケースから発信されているＧＰＳ信号が一直線に標的へ向かうレーザーのように彼らをここへ導いた。

一・五キロほど離れた下のほうの見えないところに車を駐めて、道を外れ、しかし道と平行に、影のように静かに歩いてきた。時間はかかったが、奇襲の要素を残しておくという観点からそうする価値はあった。

高いところに生えた木の枝を冷たい風が吹き抜けて、うめきにも似た嘆きの声をあげ、灰のように細かな雪を吹きつけていた。

アルファ６《シックス》というコールサインが付いた部隊指揮官は、彼らの左手にある森を明滅しながら進んでくる光に気がついた。彼はリップマイクのキーを押した。「アルファ部隊、現在の位置を維持せよ」

彼は暗視ゴーグルのスイッチを切って、トリジコン高度戦闘光学照準器《ACOG》ＴＡ１１０

／３・５×35スコープが付いたライフルを構え、光源が見つかるまで森を見渡した――腹を撃たれた野ブタのように轍のついた道路を揺れながら走っている四輪駆動車が一台いた。

耳元でひび割れた声が告げた。「アルファ6、こちらアルファ5《ファイブ》。乗り物の乗員を目視しました。運転手は男性で、女性一名が同乗しています」彼はさらにいくつか詳細を報告したが、大筋としては同じことだった。

彼らの受けた命令は明確だった。未解決部分を残してはならない。生存者を残さないこと。パーティの客が二人増えたところで関係ない。

トラックは彼らのそばを通り過ぎ、離れていくにつれてヘッドライトの光が弱くなった。アルファ6は暗視装置のスイッチを入れ直し、マイクのキーを押した。「アルファ部隊、問題なし。チャーリー・マイク。チャーリー・マイク」

チャーリー・マイク――任務を続行せよ、だ。

彼らは前進を再開して、割れた花崗岩《かこうがん》や倒木の幹の上を這っていき、最後に、山小屋を囲んでいるロッジポールパインの群生に身をひそめた。いまやってきたトラックのヘッドライトと山小屋の開いた扉から漏れてくる光で暗視装置が使えなくなったため、アルファ6はスイッチを切るよう指示をした。ここは街の灯から遠く離れているし、月と星の光があればそれだけで充分だ。特に、いったん目が慣れたときは。作戦は昔ながらの方法で遂行しよう。

アルファ6は再度ACOGをのぞき、開いた扉と逆光を受けて扉口に立っている男女に馬蹄《ばてい》形のレチクルで狙いをつけた。女はそのまま中へ入ったが、男は扉の前にとどまり、小屋の中にいる人々をアルファ6の視界から遮っていた。ときおり男が動き、入ってすぐのところにいる主標的の姿がちらっと見えたが、これでは確実な射撃は望めない。このあと、短いやり取りを経て男が中に入り、扉が閉まって、世界はふたたび闇に包まれた。

アルファ6は武器を構えた位置から下ろさずにマイクのキーを押した。「アルファ5、道路の警備を固めろ。残りは全員移動し、入口前に集結」

部隊が幽霊のようによどみなくそっと前進するあいだ、アルファ6はACOGのレチクルを頑丈な木の扉に合わせたまま監視を続けた。この戦闘用光学装置は両目を開けた状態で照準を合わせられるよう設計されていて、利き目と逆の目で部下たちの動きが見えた。外に駐まっている二台の車を回りこんで小屋へと進んでいく。建物にたどり着いたら、まとまって一列になる。指揮官から実行の合図が来たら、扉を破って小さな囲われた空間に入り、ものの数秒で全員を始末する。この戦術的侵入のさまざまな変形をリハーサルで数千回、戦闘で数百回行ってきた。今回も何ひとつ変わらない。

レッドは四輪駆動車のヘッドライトが上下にはずみながら急な坂道を登ってくるところを見つめていた。エミリーの車と思われるが、それでもライフルの床尾を肩のくぼみに当て、最終接近を目で追った。レンジローバーの後部に、一部使われた弾薬箱といっしょに狩人愛用のウィンチェスター30・30ライフルがあった。このライフルとシェフチェンコから取り上げたグロックが防御用の武器だ。ゲージなり〈トゥウェルブ〉なり誰なりが自分たちの居場所を突き止め、大挙して押し寄せてこようと、踏みとどまって戦うまでだ。

周囲の森は原始の闇に包まれていたが、それでもレッドは車を見分けることができた。半月と満月の間の青白い月が高い雲の向こうから放射している散光だけでも、保安官事務所のSUVを浮かび上がらせるに充分な明るさがあった。そのSUVが停止し、二つの人影が降りてきた——エミリーとシェーン・ヘップワースだ。保安官代理が大きなマグライトを取り出し、小屋の入口に続く道を照らした。

「あいつを連れてきてしまったのか、エム」と、レッドはつぶやいた。

彼は小屋の扉近くで伏射姿勢から立ち上がり、ライフルの銃身を肩に当てたまま二人を出迎えた。「よく来てくれた」

エミリーは大きなリュックを背負ったまま彼を押しのけ、小屋の中へ向かった。そのあとにヘップワースも続こうとした。

「なぜここへ来た？」レッドは男の前に立ちふさがった。

ヘップワースは頭を上げた。「仕事だ、マット。エミリーから自動車事故があったと聞いたが、誰からも通報が来ていない」彼はレッドの顔にマグライトの光を当てた。

「傷だらけのようだが、考えてみれば、こっちへ戻ってきてから喧嘩を吹っかけてばかりだったな」

「スティルウォーター郡で起きた事故じゃない」とレッドは返した。「だから、きみには関係ない。つまり、保安官代理、いまきみはここに不法侵入している。そのライトをおれの顔からどけて、この牧場から出ていってくれ」

ヘップワースが言葉を返す間もなく、小屋の中から声が呼びかけた。「シェーン？　あなたなの？」

扉枠の向こうにハンナが現れた。ヘップワースは彼女を見ても特に驚いた様子を見せなかった。「ハンナ？　大丈夫か？」

「よかった、来てくれて。マシューに監禁されていたの」

本気かどうか判断がつかないとばかりにヘップワースは額にしわを寄せたが、ホルスターに収まった拳銃のグリップの底に手をやった。そしてレッドに向き直った。

「マット、そのライフルを下ろしてくれたら、ずいぶん気が楽になると思うんだが」

レッドは眉をひそめた。ヘップワースは信用できない。特に、ハンナ・ゲージが絡んだときは。殺人の濡《ぬ》れ衣《ぎぬ》をおれに着せようとした陰謀の裏にヘップワースがいたのは間違いないが、アントン・ゲージの陰謀に加担しているとは思えない。ウィンチェスターを肩から外し、引き金から手を離して銃身を握った。「入れ。何もかも説明しよう」

エミリーはすぐにクラインのそばへ行き、状態の見極めに取りかかった。レッドは部屋の誰からも離れた隅にウィンチェスターを置いた。ヘップワースに背中を見せず、腰に差した大きなグロックを見られないよう確実を期して。

ヘップワースはつかのまクラインを見つめ、そのあとレッドに目を戻した。「話を始めてくれ」

「彼らに拉致《らち》されたの、シェーン」レッドが口を開く前にハンナが急いで言った。「銃を突きつけられてここへ連れてこられたのよ。逮捕して!」

この言葉にうながされ、保安官代理は拳銃のホルスターのふたを開けた。

「彼女は嘘をついている」クラインが苦しげな息の下で言った。「わたしは連邦捜査官だ。ハンナ・ゲージを拘束している」

ヘップワースは頭が混乱して、一瞬、金縛《かなしば》りに遭った。

「気胸ね」とエミリーが言った。いまの会話には気がついていないようだ。彼女は荷物から外傷治療用の鋏《はさみ》を取り出し、クラインのシャツをきれいに切り取って胸郭の箇所をあらわにした。

「ちょっと待った」とヘップワースが言った。「いったい何がどうなっているのか、誰か説明してくれ」

「ハンナ・ゲージはテロリストだ」とレッドが答えた。「彼女とその父親はきわめて凶悪な犯罪に手を染めている。彼らは真相に近づきすぎたJBを殺した。ハンナが空港で生物兵器を密輸しようとしているところを、おれたちは捕まえた」彼はクラインの横に置かれているアルミケースを身ぶりで示した。

「司法取引を条件に、いったん協力に同意したものの」とレッドは続けた。「気が変わりはじめているのは明らかだ」彼はつかのまハンナをにらみつけた。「いつでも免責にお別れのキスをするだろう」

「陰謀だの何だの、こんなばかげた話を信じるなんて言わないで」とハンナが割りこんだ。「これは単なる誘拐よ」

ヘップワースの手は武器から離れなかった。「きみは最初、ジム・ボブを殺したのはワイアットだと言っていた。そして、いまはハンナだと言う。話を明確にしてもらおう」

レッドは親指をクラインのほうへ突きつけた。「彼がまた話せるようになったら、全部説明してくれる。ギャビン、彼に身分証を見せてやれ」

エミリーが胸を切開し、クラインが大きなうめき声をあげた。

「ごめんなさい、局所麻酔をしている時間はないの」とエミリーが言った。

レッドはクラインのほうへ向かいかけたが、ヘップワースがスミス&ウェッソンM&Pセミオート9ミリを抜いてレッドの顔に銃口を向けた。「戻れ」

「二人とも、静かにして！」と、エミリーが肩越しに叫んだ。彼女はサニタリースリーブから胸腔ドレーンと呼ばれる透明なプラスチック製チューブを取り出し、鉗子《かんし》で切開部を保持したうえでチューブの先端を挿し入れた。大きな音をたてて管から空気が流れ出た。チューブ内に結露ができる。クラインがはっきり聞こえる大きな吐息をついた。すでにエミリーは胸腔ドレーンを固定するため傷口を縫いにかかっていた。

ヘップワースはどうしていいか判断がつかず、銃を持つ手が震えているのがレッドにはわかった。いっそう危ない。「シェーン、よく聞いてくれ。ギャビンはFBIの捜査官だ。その銃を下ろしてくれたら、おれが証明できる」

「誰を信じたらいいかわからない」ヘップワースはゆっくりと言った。「しかし、自分がハンナをここから連れ出すのが、いちばんいいかもしれない」

「そんなことはさせられない」とレッドが言った。

ヘップワースは引き金に指をかけた。「おれを止めてみろ」

「マット……行かせてやれ」と、クラインがざらついた声で言った。

レッドは彼のほうをちらっと見、両手を半分上げて同意を示した。

ヘップワースはハンナにうなずきを送った。「いっしょに来てくれ」

「保安官代理、あなたを過小評価していたかもしれない」彼女は身を乗り出して彼の頰にキスし、彼の後ろに回ってレッドとの盾にした。

「ばかなまねはするなよ、マット」とヘップワースが言った。「そこにいるきみの友人にはちゃんとした病院が必要だ。だから、こうしよう。ハンナはおれの車で連れていく。あとの三人も後ろをついてくるといい。町へ戻ったところで、本当のことを言っているのは誰か、答えを出そう」

ハンナが扉を開け、涼風が小屋を満たした。

山小屋の扉から射した光がスコープを満たし、アルファ6が目を細めた。残りの隊員は頭を引っ込めるか、そのまま静止していた。

「そこで待機」と、アルファ6はマイクにささやいた。扉口に輪郭がひとつ現れ、またひとつ現れた――人が二人出てきた。アルファ6にはどっちが主標的かわからなかったが、どっちでも関係ない。二人のうちの大きなほうにレチクルを合わせ、「おれから合図があったら、実行しろ」とささやき声で言った。

その合図は引き金のひと絞りという形を取った。開いた扉口に赤い霧状の雲が浮かんだ――弾が標的をとらえた証左だ。

63

　レッドは反射的に床に伏せ、体を転がして開いた扉から離れた。シェーン・ヘップワースの熱い血を顔じゅうに浴びていた。「エム！　大丈夫か？」

「何があったの？」エミリーはクラインに覆いかぶさって彼を守った。

「殺人部隊《キル・チーム》が送りこまれてきた」レッドは事態が悪化するまで六十秒くらいと見積もった。

　もっと早いかもしれない。

　彼は正しい手順を知っていた。外にいる武装工作員たちが次に何をするか熟知していた。彼自身、かつて殺人部隊を率いていたからだ。

　援護と移動《カバー・アンド・ムーブ》を繰り返す。爆薬で扉を破壊し、部屋に自動小銃を乱射する。あるいは、手榴弾《しゅりゅうだん》を投げ入れて全員をズタズタにする。

　それで生存者はいなくなる。

　自分なら、そうするだろう。

「ここにいたら無防備な標的になる」クラインがやっとのことで言葉を発した。

「おれは移動する」レッドは隅に置いたウィンチェスターをつかみ、急いで寝台へ引き返した。「外へ出る必要がある」と言い、シェフチェンコの拳銃をクラインに渡した。グロックには弾丸十五発に加えて強力な一〇ミリ弾が一発装塡されていた。襲撃者たちが扉を通り抜けてきたら、クラインの最後の抵抗にはその全弾が必要になるだろう。

クラインは手を伸ばしたが、エミリーがレッドの手からそれを奪い取った。「これはわたしにちょうだい。彼は上体を起こすこともできないから」

「扱い方を知っているのか?」

彼女はグロックの弾倉を外して調べ、全弾装塡されていることを確かめた。弾倉を入れ直す。いわゆるプレスチェックだ。それも二秒でやってのけた。

「知っているようだな」

彼女は微笑んだ。「外へ出て、マッティ。ここはわたしが守る」

レッドはうなずいた。「あの扉を通り抜けてくる人間がいたら、それはたぶんおれじゃない。ためらわずに撃て」

エミリーは彼の腕に触れた。「あの扉から入ってきて、マッティ・レッド。あなただとまず知らせてから」

「そうしよう」と彼は言い、嘘を隠すために微笑んだ。

「いけ！　いけ！　いけ！」とアルファ6は叫び、光を放つ長方形に向かって一秒から二秒間隔で二発ずつ、抑制を利かせた援護射撃を開始した。残りの隊員たちを前進させるためだ。

射撃の合間の短い時間に、イヤホンから声がした。

「6《シックス》、こちら5《ファイブ》。別の車が接近中。保安官の車のようです」

何だと？　こいつらは人目を避けて隠れているのであって、パレードを組織できるはずはない。アルファ6はもう一発撃ちこんでから返事をした。「5、攻撃して破壊せよ」

「了解」

直後、森に銃声が響いた。最新の火種にアルファ5が対処したことを示す音だ。

ところがその瞬間、逆光に照らされた小屋の扉をひとつの影が横切った。主標的とおぼしき巨体が、大砲から放たれた弾のように小屋から勢いよく飛び出した。体格に比して動きが速い。体をかがめ、アルファ6の射撃角の下にとどまっている。6が狙いを調整する間もなく、人影は駐車中の乗り物の陰へと消えた。

アルファ6の目は、部下の一人が同じ車の反対側から忍び寄るところをとらえた。

「アルファ2《ツー》、十時の方向に……」

とつぜんアルファ2が消えた。2が引き倒されてピックアップトラックの前部へ引きずりこまれるぼんやりとした動きを、アルファ6の目はとらえた。狙いをその場所へ移し、二発撃ちこんだ。部下への命中を案じる必要はない――アルファ2はもう息絶えているだろう。

ところが、その思いこみを覆すかのように、見慣れた迷彩服と戦術装備《タクティカルギア》がよろめきながら視界に入ってきた。アルファ2だ、まだ立っている……

ただし、2はカービン銃を誇示するのでなく、両手を首へ持ち上げていた。彼は一歩後ろへ下がり、がくんと膝をついた。そのはずみで首に当てた両手がずれ、動脈から血が噴き出した。銀色の月光が照らす中、首をつかんでいた指の間を黒いものがすり抜けていく。

アルファ6は小さく罵りの言葉を吐いてから索敵を再開した。アルファ3《スリー》とアルファ4《フォー》が離れた右側から小屋のほうへ移動しているのがわかった。トラックの後ろに隠れている脅威に気づいていないのは明らかだ。

「アルファ部隊、左に敵！」

その言葉が連絡網に流れると同時に大型ライフルの発射音が夜の闇を切り裂き、目に見えない弾がアルファ4の頭部を撃ち砕いた。

さらに二度、立て続けに銃声が聞こえたが、すでにうつ伏せになって木々を盾にできる比較的安全な場所へ低い姿勢で這っていたアルファ3には、どちらも当たらなかった。

小屋の左側から銃声が続いた——アルファ1《ワン》が敵と交戦しようとしている音だ。反撃の銃声が聞こえ、アルファ1のいる位置から銃口のひらめきがぱたりとやんだ。

「アルファ1、報告せよ」

応答なし。

「1、聞こえるか?」まだ応答はない。アルファ6は罵りの言葉をつぶやき、ふたたびマイクのキーを押した。「全アルファ隊員、報告せよ」

通信に音が返ってこない。

「アルファ5、聞こえるか?」

アルファ6はふたたび罵りの言葉を吐いた。全滅だ。自分が立っている最後の一人だ。戦術的優位に立っていたのに、なぜか主標的は部下たちを一掃してのけた。

しかし、敵との接触を断つという選択肢はない。まだ勝てる可能性はある。

主標的が隠れているとおぼしき場所へさらに何発か撃ちこんでから、自分の隠れていた場所を離れ、開けた地面を横切ってもう一台の車へ全力疾走した。車の後ろへ体を投げ出し、プレートキャリアの袋《パウチ》から破砕性手榴弾を取り出した。巧みな指さばきで金属製の固定バンドを外し、安全ピンを抜く。スプーンを外し、秒読みを開始した。

一……二……。三で立ち上がり、三〇メートルほど離れた小屋の開いた扉口、光に照らされた長方形めがけて、野球のボールくらいの爆弾を投げた。すぐさま伏せ直したが、頭の中では秒読みを続けていた。五と六の間のどこかで手榴弾の爆発ペイロードが起爆されて、閃光《せんこう》と爆発音が同時に発生し、小さな閉鎖空間に溶けた金属の嵐が猛威を振るった。中にいる者たちを殺すには爆風だけで事足りただろうが、爆弾の金属片はただ殺すだけでなく、確実に体をズタズタにする。

これでおあいこだ。

アルファ6は残りの敵、つまりもう一台の車の陰に隠れている主標的がどう反応するか確かめようと、もう一秒待ってから立ち上がって、また動きだし、小屋へ全力疾走した。

丸太造りの建物は驚くほどしっかり爆発を乗り切っていて、主標的から身を守るにはこの位置がきわめて有効という彼の考えを裏づけてくれた。何があったかを示す兆候は扉口から立ち上る埃と煙だけだ。

中は真っ暗で、人工的な光源が爆風で破壊されたのは明らかだから、暗視ゴーグルのスイッチを入れ直して足を踏み入れた。信じられないような偶然で小屋内の誰かが万一生き残っていた場合に備え、ライフルを高く構えた。

しかし中には、生死を問わず誰もいなかった。

破壊の残骸はいたるところに見えたが、死体はない。人体の一部も。何ひとつない。

背後に動きを感じ、近づいてきた人影にパッと向き直った。ほんの一瞬遅かった。

暗視ゴーグルの白黒画面に怪物のような男が見え、部隊が装備してきたカービン銃の一挺《ちょう》を幽霊のような緑色の顔に押しつけていた。

その銃身がまばゆい炎の舌を吐き出した。

最初の一発はアルファ6の股間《こかん》をとらえ、焼けつくような痛みで彼の心を打ち砕いた。撃ち手は銃口を跳ね上げさせて仕事の仕上げに取りかかった。よろめくアルファ6の股間から胸骨にかけて銃弾が体を縫っていく。

この至近距離ではケブラー製プレートキャリアもティッシュペーパー同然だった。高速ライフル弾は装甲と同じく、皮膚と肉もあっさり貫通し、アルファ6を後ろへ弾《はじ》き飛ばして、入口の反対側の壁に激突させた。銃撃がやんだあと、彼はしばらくそこで体をぐらつかせ、血まみれで、糸の切れた操り人形《マリオネット》のように荒削りの床板へくずおれた。

いっぽうで彼の暗視ゴーグルは小屋の内部を照らし続けていて、迫ってくる闇を突き破ることはできなかったが、死刑執行人の顔を見上げることはできた——標的ファイルの静止画でしか見たことのなかった顔を。奪い取ったカービン銃の床尾を肩に固定したまま大男が近づいてきたとき、アルファ6は銃口の内径を凝視していた。

何を待っているんだ? やれよ!

その言葉は喉《のど》まで届かなかった。

しかし、周囲の世界が閉じていきかける中で瀕死《ひんし》の男の目は一瞬、扉口に立つもうひとつの人影をとらえた。

部下の一人ではないと、アルファ6にはわかった。その輪郭は明らかに女性のもので、彼が聞いた最後の言葉も女性の声だった。

「不死身の男、マッティ・レッド」

64

耳がジンジンしていたが、声はきわめて明白だった。レッドの血管にアドレナリンがどっと流れ出てきた。

どういうことだ?

「何か言い残すことは?」

ハンナ。ハンナのことを忘れていた。

「チャンスがあるうちに殺しておくべきだった」

間に合わないのは承知で、くるりと体を回し、カービン銃を構えた。

ハンナが見えた。扉口で、月明かりにぼんやりと輪郭を浮かび上がらせている。ヘップワースの拳銃が心臓を狙っていた。

暗闇の中に銃声がとどろいたが、それはレッドが見ていた武器から放たれたものではなかった。ハンナの頭が後方へ跳ね、開いた扉から体が吹き飛んだ。

彼の後ろで光が小屋の中を満たし、レッドは息をついた。振り返るとエミリーがいた。床に開いた長方形の穴――古い地下収納室への入口――から、頭と肩だけ突き出している。明るいLEDランタンに後ろから照らされた彼女はまるで天使のようだった。彼女はさっと笑みをひらめかせた。「ここはわたしが守るって言ったでしょ」

レッドは安堵の吐息をついてライフルを下ろし、手を伸ばして彼女を上がらせた。彼女の手は震えていて、レッドは本能的に彼女を胸へ引き寄せ、自由なほうの腕を回した。「アドレナリンのせいだ、エム。すぐ収まる。約束する」

彼女はうなずいた。

「ギャビンは？」

クラインの頭が地下収納室から飛び出してきた。アルミケースを両手で持ったままだ。「耳は聞こえないが、それ以外はどこもかも改善している」

「さあ、急ごう」と、レッドがうながした。「いつまでもここにはいられない」

エミリーとレッドで協力してクラインを地下収納室から引き上げた。吸引処置を受けたことで彼の容態は大きく改善したようだ。エミリーがクラインの腕を支えていたのは無理をしてほしくなかったからだ。彼らがハンナの死体をまたぎ越したところで、クラインが立ち止まった。

「惜しいことをした」

「マッティを殺そうとしたのよ」エミリーが弁解するように言った。

「それに、父親に不利な証言をする気などさらさらなかっただろう」とレッドが言い添えた。「時間稼ぎをして、父親が部隊を送りこんで救出してくれるのを待っていただけだ」

「これが救出に見えるのか?」とクラインが返した。彼はアルミケースを掲げた。

「あの部隊はこれを追ってきたんだ。おそらく、中に追跡装置がある」

「どこへ行こうと、やつらは追ってくるということか?」

クラインは肩をすくめた。「再編成にはしばらく時間がかかるかもしれない。こう言いたくはないが、現時点で最良の選択は人目の多い場所に行くことかもしれない」

「ボーズマンの病院なら不足はないかしら?」とエミリーが尋ねた。「なぜって、あなたが行くべき場所はそこだから」

クラインは低いうめき声で同意を示した。

レッドは肩をすくめた。「ハンナだが、あいつは真実を語っていただろうか?」

クラインはうなずいた。「嘘をつく気なら、あんな突拍子もない話を考え出したはずはない。いずれにしても、彼女の証言なしでアントン・ゲージの罪を問うのは難しいだろうな」

レッドはアルミケースを指さした。「それがあるじゃないか」

「これで足りるかどうか。われわれは〈ゲージ・フードトラスト〉の施設へ戻る必要がある。今度は令状を持って」

レッドは車の点検に向かった。レンジローバーは流れ弾を受けて穴だらけになり、運転席側の窓は二枚とも撃ち抜かれていたが、タイヤは四本とも空気が抜けておらず、レッドがスターターを試すと、すぐエンジンがかかった。アイドリングの状態にして、車を回りこみ、クラインに手を貸して乗せようとしたとき、誰かが助けを呼ぶ声が聞こえた。

レッドはすぐさま警戒態勢に入ってカービン銃を構え、周囲を見まわしていくと、やがてSUVのヘッドライトに照らされた人影が二つ見えた。ブラックウッド保安官と私服姿の黒髪の女性だ。ブラックウッドは左の肩を手で押さえていて、その手には血が付いていた。それを見るや、エミリーが救援に向かった。

「エム、待て。まず——」

彼女はレッドの呼びかけに耳を貸さず、保安官がどんな傷を負っているか確かめようと二人に駆け寄った。レッドは警戒を怠《おこた》らずにいたが、カービンを〝控え銃《つつ》〟にしてエミリーに合流した。

「きれいに貫通しているようね」と彼女は言い、応急手当てに適した道具がないかリュックを探った。「包帯を巻いて止血しましょう」

「ここで何をしているんだ?」と、レッドが尋ねた。

「何者かが車を撃ってきた」ブラックウッドが歯を食いしばったまま言った。「そのあとその何者かは、とどめを刺しに近づくというミスを犯した」ブラックウッドは同乗してきた女性のほうへ頭を傾けた。「さいわい、このトレッドウェイ特別捜査官はまだ両腕を使うことができた」

「訊いたのはそのことじゃない。そもそも、どうしてここへ？」

「きみたちが面倒に巻きこまれているかもしれないと、彼女が言ったので。家へ行ってみたが誰もいなかったから、ここを確かめてみようと考えた」

彼らの後ろからクラインが呼びかけた。「スティービーか？　パーティに遅刻してくるのは相変わらずだな」

女性は苦笑いを浮かべた。「熱い歓迎を期待していいと、あなたが言わなかったからですよ」

女の声にどこか聞き覚えがあり、レッドは思わず二度見した。とても魅力的で、前にどこかで見たことがあるという確信を得たが、黒髪の女性FBI捜査官に会った記憶はない……クラインを除けばどんなFBI捜査官にも会ったことはない。そのときヘッドライトにきらめく深緑色の瞳が見えた。

サミー？

レッドは考える間もなく銃を持ち上げ、フロントサイトの中央に女をとらえ、引き金に指をかけた。彼女も瞬時に反応し、肩の拳銃に手を伸ばした。

レッドは引き金にかけた指に力を込めた。もうひと引きで発射できたし、女があと何センチか手を動かしていたら撃っていただろう。しかし、女はぴたりと手を止め、そのあと辛抱強く、ゆっくり銃から手を離していった。

それでも撃ちたい誘惑に駆られた。しかし、レッドには答えが必要で、そのためにはこの女が呼吸を続けている必要があった。

少なくとも、しばらくは。

クラインがさっとレッドの前に立ち、自分を盾にした。

「マット、やめろ！　彼女はわたしの同僚だ！」

レッドはかぶりを振った。彼女はわたしの同僚だ！」

レッドはかぶりを振った。「この女があんたの情報漏洩源だ。こいつはおれに薬を盛った。おれの部隊が殺されたのは、こいつのせいだ」

クラインは両手を広げて守る仕草をした。「ちがう、マット。まったくの誤解だ。銃を下ろして、わたしに説明させてくれ」

黒い憤激の向こうから小さくポツポツと、蛍の光のような理解の光が見えてきた。

「彼女はわたしの同僚だ……説明させてくれ……」

とつぜん、すべての辻褄が合った。

レッドはカービンの銃身を上げ、クラインの両目の間に狙いをつけた。

65

「情報を漏らしていたのは自分なのか？」とレッドは質した。

「何だと？　ちがう！」

エミリーが呆気《あっけ》に取られているブラックウッド保安官から離れ、自分のそばへ来たのをレッドはおぼろげに感じた。「マッティ、何がどうなっているのか知らないけど、話し合いで解決しましょう」声こそ落ち着きはらっていたが、彼女はグロックを片手に持ち、クラインに銃口を向けていた。どういう状況かはわからなくても、彼女はレッドを守っていた。「さあ、何がどうなっているの？」

「ウィロウ狩りへ赴く部隊におれがいることを、こいつは知っていた」自分の声が叫びに近くなっているのをレッドはわかっていた。しかし、かまわない。「この女におれを捕獲させて、薬を盛った。そのうえで計画をウィロウに漏らした。こいつらのせいでおれの部隊は全滅したんだ！」

「マット、それはちがう」とクラインが言った。「きみがどう思おうと、わたしは絶対、国や海兵隊員を裏切ったりしない。その武器を〝安全《セーフ》〟にしてくれたら説明する」

「引き金を絞るまであと二秒くらいだ、ギャビン。言いたいことを言え。ただし、急げ」

クラインはゆっくりうなずいた。「言いたいことはわかった。マッティ、きみは自分のすべきことをしろ。しかし、トレッドウェイ捜査官は対象から外してくれ、いいか？　彼女はわたしの命令に従っていただけだ」

「ニュルンベルク裁判でも、そんなことを言ってなかった？」と、エミリーが言った。

ブラックウッドが首を横に振って、クラインに目を凝らしたままレッドとエミリーのほうへ慎重に一歩近づいた。「いま何が起こっているのか知らないが、ここまで、この若いのがあんたの頭を吹き飛ばしてはならない理由を聞かせてもらっていない」

クラインはレッドから目をそらさなかった。「スティービー、きみに警備態勢の解除を命じる。手を出して後ろを向き、保安官に武装解除してもらえ」

レッドから見えない後ろで、レッドがサミーと認識している女性が声を荒らげた。

「本気ですか？　武器は渡しませんよ」

「言うとおりにしろ」クラインが語気を強めた。「いまからわたしがする話をマシューが納得できないと判断した場合、彼の行動は正当防衛だったと証言してもらいたい。

さあ、言うとおりにしろ」クラインは最後に少し声を荒らげた。真剣であることに疑いの余地はない。

トレッドウェイ特別捜査官は不機嫌そうなうめき声を発して両膝をついた。ブラックウッドが彼女の銃をホルスターから素早く抜き取り、わきへ投げ捨てて、片手だけで手首に手錠をかけた。「すまないな」と保安官はつぶやくように言った。「なにしろ、きみにはあそこで命を救ってもらった身だ。しかし、この腕輪《ブレスレット》をはめることで恩返しができるような気がしてね」

トレッドウェイは無言のままだったが、ブラックウッドが彼女を立たせてレッドの射線から遠ざけたときは抵抗しなかった。

「これで満足か？」レッドが怒鳴った。「さあ、話を始めろ」

クラインはゆっくりうなずいた。「きみの部隊がウィロウ狩りの任務を割り当てられたことは知っていた。わたしは反対したが、上司のカルプ次官補に却下された。その任務はすでに危うくなっている可能性が高いと知っていたので、わたしは……」彼はそこで言葉を詰まらせ、そのあともういちど試みた。「きみを失うという考えに、わたしは耐えられなかった、マット」

「でたらめ言うな。任務が危ういと思っていたなら、誰かに話せたはずだ。あんたはそうせず、そのせいであの男たちは死んだ。それをおれが許すとか、任務から引き離したことに感謝するとか思っているのなら――」

「わたしにはあの任務を止められなかった！　充分な証拠がなかったし、誰を信用したらいいかもわからなかった。きみをあそこで死なせるわけにはいかなかった。許しも感謝も期待していない。自分がしなければならないことをしただけで、この先もまた同じことをするだろう」

「おれに伝えることはできたはずだ。おれを信じることも。いっしょに解決できたかもしれないのに」

クラインは顔をしかめた。それこそ自分がすべきことだったと、いまになって気がついたかのように。彼は頭《こうべ》を垂れた。「すまない、マッティ。こんなことをしてしまって。もっといい父親でいられなくて、すまなかった」

レッドは歯ぎしりし、ただもう引き金を引いてしまいたかった。だが、そうしたところで部隊の仲間が戻ってくるわけではない。気分が晴れることさえないだろう。彼は引き金から指を離し、親指でセレクターを〝セーフ〟に入れてカービン銃を下ろした。

「おれの牧場から出ていけ。二度と会いたくない」

クラインはうなずいた。「そう思うのはもっともだ。しかしマット、まだ終わっていない。ゲージは捕まっていないし、われわれには彼を阻止する必要がある」

「おれの気が変わらないうちに出ていけ、ギャビン」

「マット、きみの部隊を殺したのは誰だと思う？　アントン・ゲージとやつの下で働いているやつらだ。誰かに責任を負わせたいなら、やつを倒すのに力を貸してくれ」

「あんたはFBIだろう。おれは必要ない」

「わたしの部署にはまだ、情報を漏らしている人間がいる。誰を信用すればいいのかわからないし、もう時間がない」

クラインの懇願はレッドの憤激を突破した。脅威はまだ消え去っていない。JBとレイダースの部隊の両方を殺した最終責任者、アントン・ゲージはまだ逮捕されていないし、彼を倒す唯一の方法は陰謀の証拠を見つけることだ。

「わかった」レッドはカービン銃を下ろした。「それはおれが引き受ける」

彼は前へ進み出てクラインの手からアルミケースをもぎ取ると、くるりと踵を返し、レンジローバーの運転席側へ回りこんだ。彼がSUVのギアを入れるまで、彼が何をする気か、誰も気づかなかった。

「マット、一人で行ってはならない。ゲージの手の者が待ち構えている。殺されるぞ！」とクラインが叫んだ。「たった一人で小さな軍隊と戦うなんて無謀すぎる。わたしも行く」

エミリーが助手席の窓に現れた。ドアの取っ手を引いたが、レッドはすでにドアをロックして彼女を閉め出していた。彼女はガラスを叩いた。「マッティ。やめて。入れて！」顔を涙が伝い落ちていた。

レッドはブレーキから足を離し、レンジローバーが動きだした。

「マシュー・レッド、またわたしを置いていくの。こんなのいや！」

車の前に立ちはだかろうとエミリーが思いつく間もなく、レッドはアクセルを踏みこんで、彼女とみんなを置き去りにした。

66

真夜中近くだというのに、北東の空は夜明けのように見えた。幻覚を見ているのではないと確信したところで、レッドはトラックを止めて、外へ降り、もっとよく見ようと荷台に乗った。

牧場を出ていく前、銃撃でズタズタになったレンジローバーからJBのF250に乗り換えてきた。F250なら真夜中に幹線道路を走っていても目立ちにくい。銃器保管庫を空にして、納屋からいくつか道具を取り出し、砂漠用の迷彩服一式に着替えてもきた。ゲージの研究施設では問答無用のカウボーイ流でいくつもりだったが、やはり海兵隊モードだ。

トラックの荷台に立っても一メートルくらい高くなっただけだが、最初の観察を裏づけるにはそれで充分だった。空気中に漂う焦げたトーストの臭《にお》いから、自分の見ているものが何かわかった。

炎だ。火が燃えている風景を見渡しながら胸の中でつぶやいた。小麦畑が燃えている燎原の火《フィールズ・オブ・ファイア》だ。

農家や牧場主が春に計画的な火入れをするのは珍しいことではなかったが、それは通常、まだ地面が湿っているもっと早い時期に行われる。これはちがう。それどころの規模じゃない。これが何か、レッドには見当がついた。

ゲージが証拠を燃やしているのだ。

こんなことをする理由はひとつしか思いつかなかった。ゲージは自分の行動の痕跡を消そうとしている。

世界を効果的に不妊化しようとするゲージの計画は、遺伝子組み換え生命体二種の組み合わせに依存しており、そのひとつである小麦の苗を破壊すれば、司法当局がゲージの意図したことを証明しようとしても、研究室でその実験を再現することはできなくなる。一〇〇万エーカーを超える土地を焼き払うのはやりすぎと思えたが、アントン・ゲージのような巨大なエゴの持ち主にとっては安い代償だ。

すでに畑は炎に包まれており、これ以上は徒労のような気もしたが、レッドにあきらめる気はなかった。ゲージの研究施設に何か、有罪判決につながるものがあるかもしれない……見つかるのが誰かという可能性もある。

見つからなかったとしても、まだ自分の手には、アントン・ゲージが欲しがっているものがある。

彼はトラックへ戻って運転を再開した。

ボイトの町が近づくにつれ、火災がもたらした被害を目の当《ま》たりにした。幹線道路の左右に広がる広大な土地が真っ黒な焦土と化し、上空に火の粉が赤々と渦を巻いていた。さらにその先でも浜辺へ向かってくる巻き波のように炎が前進していて、その上空から、肥料散布機を滴下《ドリップ》トーチに換えた農業用ドローンが絶え間なく炎を降りそそいでいた。

空気中に煙が充満し、トラックの換気を止めてもたちまち運転席内に瘴気《しょうき》が染みこんでくる。湿らせたバンダナを鼻と口に巻くと多少は楽になったが、目を刺す刺激を和らげる手だてはない。

銃撃の嵐の中をトラックで強行突破するつもりで〈ゲージ・フードトラスト〉の施設ゲートに近づいていったが、いざ近づくと、警備隊は撤退もしくは持ち場を放棄したことが明らかになった。トラックに無用の破損をもたらす危険を冒すよりはと、レッドは急ブレーキをかけてゲートの十数センチ手前に停止した。

ゲートを閉じているチェーンをバイカーから奪ったボルトカッターで素早く切断し、ゲートを通り抜けて、標識を見ながら警備室へ向かい、駐車して外へ降りた。ボルトカッターに代えて、カリフォルニア州から意図せず持ってきたフィスカースの薪割り鎚を握り、キャンプ・ペンドルトンの射撃場の木製ドアと同じくらいあっさりと、強化金属でできた警備室の扉を破壊した。強行突破に成功するや、鎚をショットガンに持ち替えて中に入ったが、部屋には誰もいなかった。

ざっと探してみたが、興味を引くものはなかった。例外は施設の地図で、レッドはそれを頭に叩きこんだ。施設構内には建物が何棟かあるだけで、ほとんどは灌漑《かんがい》や施肥といった農業の特定機能に特化したものだ。レッドの興味の対象は〝研究棟〟と記された建物だけだった。

警備室を出て、武器を詰めこむ時間だけトラックへ戻った。狩猟小屋での戦闘時に奪ったショットガンとM4カービン銃に加え、バイカーが持っていたセミオート銃をウエストバンドに差し、JBの古いヘンリー・レバーアクションライフル（四五-七〇口径）もあった。特に火力については、レッドは〝足りないよりは多すぎるほうがいい〟という信条の持ち主だった。

ロングライフルとショットガンと鎚を背中に吊り下げ、海兵隊のライフル兵を八年務めたおかげでいちばん使い慣れているM4を前に突き出して、警備施設の周囲を回った。角で足を止めて構内を見渡した。どの建物もティルトアップ工法のコンクリート造りの平屋建てで、窓はほとんど見えない。美しさより機能優先で設計された建物だ。薄型屋根のそれぞれにソーラーパネルが並んでいるが、そこを除けば北米の工業団地のようだ。レッドは研究棟を識別して場所を頭に入れ、そこへ行くために必要なルートをざっと見渡していった。人が活動している気配はないが、施設が完全に放棄されたと思いこむほど愚かではない。

目的地を目指して素早く移動し、隠れられる場所があればその陰に隠れ、見つからないときは不規則なジグザグを描きながら進んでいった。この過剰とも思える警戒心に彼の命は救われた。

研究棟のドアまであと五〇メートル。そのとき銃弾が空気を切り裂いた。直前に不規則なターンを敢行していなかったら命中していただろう。銃声は建物と建物の間を反響していたが、すでにレッドは撃ち手の位置と武器の種類を特定していた。発砲は研究棟の屋上からだ。武器は二二口径か五・五六ミリ口径のライフルで、彼が携行しているM4と同じAR15系に属するものだ。レッドは移動しながら、撃ち手のおおよその方向にカービンの狙いをつけて撃ち返した。命中はあまり期待していなかった。

玄関ドアにたどり着くまで相手に頭を引っ込めさせておけたらそれでいい。相手はなんとかあと二発撃ってきたが、どちらも大きく的を外し、レッドは研究棟の入口に無事たどり着いた。ここなら、端から身を乗り出さないかぎり、相手は自分を狙い撃てない。

正面ゲートでさえ守られていなかったのに研究棟が守られているのは心強い兆候だった。つまり、ゲージがいまなお守りたい何か、もしくは――こちらの可能性のほうが高いが——まだ破壊されていない何かがある、ということだ。

レッドは吊り下げていた鎚を外し、両手で握って一撃でドアをぶち破った。慎重にドアの片側に立ち、ここでも彼の用心深さは報われた。中から銃声がとどろいた。高速ライフル弾の独特の音ではなく、四五口径のセミオート銃のもっと鈍い音が、少なくとも二発。レッドは鎚をショットガンに持ち替え、死角になった場所から銃身を突き出し、両銃身から弾を撃ち尽くすと、すぐさまわきへ投げ捨て、Ｍ４を構えて中に入った。

一瞬で標的を二つ発見した。どちらもゲージの警備隊の制服を着ていた。一人は、前かがみになっている男性で、胴体部に少なくとも二、三発、大粒の散弾が命中した跡があり、そこから血がにじんでいた。もう一人は女性で、この日レッドとクラインが施設への進入に失敗したとき彼らに立ちはだかった警備員だった。女は拳銃を構えてレッドに狙いをつけようとしたが、レッドのほうが速かった。二度の正確な射撃で女を倒し、負傷している男に狙いを切り替えてさらに二発撃った。

警備員二人はともに体の中心部に致命傷を受けて昏倒《こんとう》した。レッドは入口ロビーを素早く見渡して次の標的を探したが、誰も見えなかったので、また前へ進み始めた。倒した二人のそばを通り過ぎたところで、念のためにあと二回、人の頭の高さに弾を発射した。

ロビーの奥にもうひとつ、さらに奥へと続くドアがあった。電子ロックがかかっていたが、外から入ったときのドアほど頑丈には見えない。武器を切り替える必要はないと判断し、狙いすましたひと蹴りでドアを破った。

ドアが勢いよく開いたとたん、廊下の遠端に立っていた警備員が四五口径銃ですかさず発砲してきた。動いているドアに弾が突き刺さる。このドアでレッドの体の一部はまだ視界から隠れていた。彼は警備員に狙いをつけ直して発砲するいとまを与えず、的確な二撃で相手の体を縫い、カービン銃を構えてまた廊下を進み始めた。

倒れた警備員が横たわっているT字路へ来ると、膝をついて、素早く弾倉を交換した。弾倉には少なくとも八発、多ければ十発残っていると計算していたが、角を曲がったところで警備員五、六人と対峙するはめになった場合、交戦のさなかに手を止めて装填し直すのは避けたい。

弾が一部しか入っていない弾倉をカーゴポケットに押しこんで、全弾装填されている弾倉を装着し、低い姿勢を保ちつつ左側の角の手前から、少しずつ索敵を進めていくカッティングパイと呼ばれる安全確認を実行した。こちら側には誰も待ち構えていないと確信したところで引き返し、右側の角でも同じ手順を繰り返した。そのとき、T字路のロビーに続く縦の廊下の遠端にちらっと動きが見えた。急いで前へ転がり、死角へ飛びこんだところへ、自動小銃の集中射撃が来て、弾が通過し、壁に激突した。

レッドは横の廊下をさっと確かめてから、交差する縦の廊下に向き合った。屋上から狙ってきた狙撃手《そげきしゅ》が急いで建物の横へ下りて入ってきたものと彼は推測した。だとすればいい兆候だ。ゲージの警備隊は散らばって手薄になっているということだから。

二度深呼吸して気を落ち着かせ、引き金に指をかけて角をじりじり回りかけたところで、相手の銃口がちらっと見えた。レッドは相手を少し進ませたところでさっと角を回りこみ、相手の眉間を撃ち抜いた。

倒した警備員のAR15から弾倉を奪い、自分の進む先に敵がいないか確かめながらまた進み始めた。交戦はなかったが、それでも、閉まっているドアのひとつひとつに待ち伏せの可能性があるものと想定した。次から次へ部屋を確かめていったが、この施設でどんな研究が行われているかを裏付けてくれそうなものは何も出てこない。しかし、廊下の端が近づいてきたとき、いちばん端のドアの中から何かをすりつぶすような大きな音が聞こえた。

ほかのドア口を通り抜けたときと同じように、意を決してそこを通り抜け、ドアが蝶番《ちょうつがい》から外れると同時に、中の二つの標的を目がとらえた。警備員の一人は早くも四五口径を抜いてさっとレッドのほうを向き、もう一人は部屋の真ん中に置かれたテーブルに体をかがめていた。レッドが銃弾二発で武装した男を倒し、もう一人にさっと銃身を振り向けると、男はあわててテーブルから飛びのき、ホルスターの拳銃に手を伸ばそうとした。

レッドは反射的に、狙いを一、二度ずらして一発だけ発射し、その弾が右の上腕をとらえた。警備員は後ろへよろめき、使えなくなった腕をもう片方の手でつかんだが、レッドが距離を詰めると、左腕を体の反対側へ回し、腰の四五口径をつかもうとした。

「やめておけ」レッドは引き金に指をかけたまま警告した。

一瞬、男は親切な助言を無視するかと思われたが、そこで勢いが削げ、血がにじみ出ている右腕の傷口に左手を戻した。ここで男の顔がはっきり見え、正面ゲートで遭遇した警備員とわかった。クラインが連邦政府の権威を誇示しても平然としていた男だ。

「おまえは難しい方法を選んだ」と、レッドは男に思い出させた。「もういちど訊く。おまえたちはここに何を隠している？」

「くそったれ」

レッドは肩をすくめて、男の鼻の下に狙いをつけた。

「待て！」

レッドは待った。

「ゲージさんから全データの破壊を命じられた。おれにわかるのはそれだけだ」テーブルを一瞥すると、コンピュータの残骸らしきものが十以上あった。テーブルの端、さきほどまでこの男がいた場所に大きなごみ箱があり、その上に頑丈そうなシュレッダーが載っていた。研究棟にあるコンピュータのハードディスクを破壊しているところへレッドは踏みこんだらしく、見たところその作業はほとんど終わっていた。

「なぜそんなことを?」

男は首を振った。「おれは一介の警備員にすぎない」

「だったら、時間を無駄にすることもないな」

レッドが肩を怒らせて撃つ構えに入ると、警備員は亀《かめ》のように首を縮こまらせてぎゅっと目を閉じた。施設に着くのが遅すぎたことへのいらだちにこの哀れな姿が相まって、レッドは撃つのをやめた。武装した敵を殺すことにためらいはないが、この男はすでに降伏していて、もはや脅威ではない。それに、ほとんどの証拠がすでに破壊されたいま、アントン・ゲージ相手の訴訟は部下たちの証言に頼ることになるかもしれない。たとえ彼らが計画のごく一部しか知らなかったとしても。

レッドは銃をくるりと持ち替え、グリップの底で殴って警備員を眠らせた。それから膝をつき、男の武器をホルスターごと抜き取ってから、男のシャツの切れ端で腕の傷を縛ってやった。失血死させては元も子もない。

コンピュータの電源コードで両手を縛ろうとしたとき、男のポケットからブーンと音がした。電話だ。

レッドはその携帯電話——iPhone8——を取り出し、発信者番号の表示名を見て顔をほころばせた。
ホームボタンに警備員の親指を押し当ててロックを解除し、電話を受けた。「もしもし、アントンか」

67

長い沈黙が下り、そのあとアントン・ゲージが口を開いた。「マシューか。いや、これは残念だ」

「あまり驚いていないようだな」とレッドは言った。

「ああ。奪回部隊から連絡が来なかった時点で、きみに無力化されたという見当はついた。そのあときみがどこへ行くかも察しがついた」

「ウィロウの生物兵器に付いているチップを追跡していたわけだ」

「あれは兵器ではない」ゲージは語気を強めた。「解決法だ。わたしたちの生物圏を荒廃させているがんの治療法なのだ」

「おまえの突拍子もない計画は、ハンナが全部話してくれた。ちなみに、彼女は死んだよ」

ゲージはこの知らせにも特段驚いていないような声で言った。「きみが殺したのか？」

「そのチャンスはなかった」と、レッドは正直に答えた。

ゲージはレッドの偽りのない返事をどう解釈したのか、「偉業の達成には、ときに犠牲が必要になる」と言った。

「おまえは何ひとつ達成しない」レッドは挑発気味に言った。「おまえは失敗した。そしてこれから朽ち果てる」

「これは一頓挫《とんざ》にすぎない、マシュー。それ以外の何物でもない。きみは何ひとつ証明できない」

「何も証明する必要はない。逮捕する気もない、アントン。おまえを殺す。どこへ行こうが関係ない。かならず見つけだす。そして、まったく予期していないときに、脳みそに弾を撃ちこんでやる。サイレンも回転灯も要らない。おまえの命を絶つだけだ」

長い沈黙が続いた。そして最後に、ゲージは「そのチャンスはない」と言って通話を切った。

レッドはしばらく携帯電話を見つめ、持ち主のそばに捨てた。ゲージの不吉な捨てぜりふが意味するところは明らかだった。別の暗殺部隊が送り出され、レッドがカルデラのアルミケースを携行し続けるかぎり、彼の居場所は正確に突き止められる。

この問題の解決法は明白だ。ケースを捨てるしかない。

だがそうすれば、ゲージとウィロウが結託していた証拠をつかむ一縷（いちる）の望みを放棄するこ《こ》とになるし、殺すと断言したものの、罪業の証拠は絶やさずにおきたい。ゲージはただ殺すだけでは足りない。あの億万長者を完全に破滅させる必要がある。正真正銘の怪物であることを暴きたてる必要がある。

そう、狼《おおかみ》の群れを玄関先に招くことになろうと、このケースを手放してはならない。

上等だ。レッドは胸の中でつぶやいた。来るなら来い。

レッドと電話で話していたときは静かな自信を放射していたアントン・ゲージだったが、実はかろうじて正気を保っていた。何もかもが瞬《また》く間に崩壊し、たった一人の男の行動によって自分の最大の偉業が壊滅に追いこまれるとは、信じられなかった。

そのうえ、子どもたちも失った。

ハンナのこと、ワイアットのことが頭をよぎった。必死に感情を抑えていた。悲嘆に暮れるのはあとだ、いまは任務をやり通さねば。再度自分にそう言い聞かせた。さもなければ、子どもたち、特にハンナの死が無駄になる。そんなことがあってはならない。

実のところ、自分も生き延びることはできないだろうと思っていた。〈トゥウェルブ〉は失敗にきわめて不寛容だ。少なくともテーブルの席は失うし、それだけですむのは、ウィロウや世界人口の相当部分を効果的に不妊化する計画と自分をつなぐ線を完全に消去できた場合に限られる。消去できたとしても、たぶん彼らは謝罪《メア・クルパ》を受け入れないだろう。秘密を知りすぎた自分が追放処分だけですまされるとは思えない。

いや、もはや生き延びられるかどうかの問題ではない。わたしに残されているのは復讐だけだ。

カルデラの密閉容器の中に仕込まれた追跡装置の位置を示している画面を、彼は確かめた。最後の場所から動いていない――〈ゲージ《G》・フード《F》トラスト《T》研究《R》所《C》〉の研究棟だ。コンクリートの壁とソーラーパネルが衛星との通信を効果的に遮断しているおかげで、レッドがもういちどあれを外へ持ち出すまで位置情報は更新されない。レッドがケースを置いて出ていくとは思えないから、つまりあの男は、研究棟にとどまって、抹消を免れた物証を探すという選択をしたわけだ。

なら、けっこう。部下たちは本拠地の有利を得られる。

手のひと振りで別の殺人部隊を呼び入れることはできなくても、資源がないわけではない。〈ダンシング・エルク牧場〉には警備員の小部隊がいて、戦闘経験を持つ元軍人ばかりだし、全員がわが家に忠誠を誓っている。ゲージは警備隊長に電話をかけ、必要なことを伝えた。

隊長の返事は肯定的だったが、ゲージが期待していたほど意欲的でなかったため、彼はこう付け加えた。「マシュー・レッドがわたしの娘を殺したことを知っておいてほしい」

息をのむ音が聞こえた。「ハンナが死んだ?」

「殺されたのだ。ワイアットもレッドが過剰摂取に見せかけて殺した可能性があると、わたしはにらんでいる。あの男がわたしたち一家を憎んでいるのは、自分の土地を奪われると思ったからだ」

「日の出を見るまで生かしてはおきません」と、警備隊長は請け合った。

「一生、恩に着る」とゲージは言った。「しかし、出発する前にもうひとつ、細心の注意を払わなければならないことがある。何分かしたら、また電話する」

彼は通話を切り、それから別の番号にかけた。

68

彼らはジープとトラックの車列を組んでやってきた。戦術上もっと実用的な服装に着替えることもせず、牧場の服装そのままで。これはあたかも、連邦保安官一人に挑むため、真昼に町へなだれこんできたガンマンの一団のようだった。いや、真実からさほど遠くもない。違いがあるとすれば、レッドが連邦保安官でないことと、まだ夜明け前であることだ。

全部で十二人、それに加えてもう一人、警備隊には属していないがゲージの指示で計画の指揮を執ることになった人物がいた。その一人は早撃ち名人には見えず、十二人が展開したときも、一人だけ黒塗りのSUVの運転席にとどまった。

男たちは車を降りると、すぐさまその後ろへ回りこんで盾にした。レッドが初動を起こすのを期待してのことだ。何事もなく数分が経過したあと、彼らはカバー・アンド・ムーブを繰り返して、急ピッチで前進を開始した。正面入口へたどり着いたところで、二手に分かれた。片方は正面玄関に張りつき、もう片方はぐるりと回りこんで裏手を引き受けた。第二チームから所定の位置に就いたという無線連絡が入ったところで、第一チームが突入した。力ずくで侵入する必要はない。ドアはすでに蝶番から外れていた。

最後の一人が中へ入りかけたとき、最初の銃声がとどろいた。

弾丸は発射音より速く二〇〇メートルほどの空間を駆け抜け、レッドにレバーを操作して別の標的をとらえて発砲する時間を与えた——研究棟の裏手で壁を背に並んでいる男たちの大半が攻撃されていることに気がつかないうちに。最初にヘンリーの照準にとらえられた男も気がつく前に息絶えた。レッドの二撃目は一人目の横に立っていた男を倒した。男が精いっぱい低い姿勢に努めて身を守ろうとしていたにもかかわらず。

レッドの足元の地面は熱く、この一帯が焼き払われてから何時間か経ったいまも、焼けた土壌に火の記憶をとどめていた。狙撃手《スナイパー》の戦術について教わってきたすべてが、それは悪い考えだと告げていたが、レッドは危険を承知で三発目を撃った。命中こそしなかったが、あわやというところだったため、生き残っている男たちは少なくとも何か考えざるを得なくなった。そのあいだにレッドはパッと立ち上がり、焼け焦げた何もない地面を駆けだした。疾走するうちに服から熱い灰が落ちていった。

さらに三〇〇メートルほど外では、依然としてアントン・ゲージの遺伝子組み換え小麦の苗を炎がなめつくしていた。地上からは見えにくいが、この火災はコンピュータ制御されたドローンが往復することで組織的に火が点《つ》けられて碁盤目《ごばんめ》状に逆火を発生させていた。予期せぬ突風にあおられて燃え方がいっそう速く熱くなれば、防火帯《ファイアライン》、つまり移動していく火から燃料を奪うためにすでに燃やされた区画に達するまで、長い時間はかからない。レッドが車で乗りつけたときに見たかぎりでは、ゲージの土地全体で同じことが起こっていた。

レッドが施設の敷地内に立つ強化された建物ではなく小麦畑を選んだのは、戦うためだ。建物のほうが隠れやすいが、ゲージのカウボーイたちに閉じこめられたら、そのあいだに援軍が到着することも考えられる。そう、生き残るためには、開けた場所が提供する自由が必要だ。

警備室で記憶した施設の地図によれば、構内から広大な畑地へ向かう連絡道路が放射状に何本か伸びていて、レッドはいま、自分からいちばん近い一本へ全力疾走していた。車一台がやっと通れる幅しかない砂利道で、そこに入ってさっと後ろを振り向くと、自分のほうへ車が三台突進してくるのが見えた。

「いいことは長く続かない」とつぶやいてギアを上げ、炎のほうへ向き直ってまた駆けだした。

遠くから銃声が追ってきたが、彼は振り返らず、回避行動も取らなかった。有効射程のかなり外にいたし、四五口径ACP弾や九ミリ弾にとらえられる可能性はゼロではないにせよ、それには撃つほうの桁外れの幸運と撃たれるほうの桁外れの不運が必要になる。どのみち、ジグザグに動き続けたところで、一直線に最短距離を進むより生存率が上がるとは思えない。

小麦畑は不均等な燃え方をしていて、連絡道路の右側の火のほうが左側より近かったが、大きな差はない。前進してくる炎の列に近づくと、たちまち周囲の温度は不快どころか耐え難くなってきた。海兵隊時代に何度も爆発の近くにいたし、爆心地から超過気圧の波に乗って押し寄せる熱風も経験していたが、毎回つかのまのことで、感じたと思ったら次の瞬間には消えていた。今回はその地獄が継続し、近づくほどいっそう熱くなる。

このあとレッドは炎の列を突き抜け、煙が充満した真っ赤な地獄絵図に突入した。

右へ曲がり、斜めに走って、まだ燃えていない畑の腰の高さくらいまで伸びた植物の中へ入りこんだが、二、三歩で急停止して向き直り、体を投げ出して、うつ伏せの状態で道路と向き合った。ここの植物にはまだ炎が届いていないが、熱に水分と命を吸い取られ、茎《くき》はすでにしおれていた。彼の下で秋の枯れ葉のようにひび割れ、裂けていた。相変わらずすさまじい熱だ。走ることそれ自体はそれほどきつくなくても、心臓が破裂しそうな心地がする。それでも過熱された空気を深く吸いこんで、ぴたりと息を止め、炎の反対側、距離にして一〇〇メートルたらずの連絡道路を突進してきた先頭の車にヘンリーライフルの照準を合わせた。速度を判断し標的を狙い撃つまで、わずか一秒。息を吐いて、引き金を絞る。ヘンリーが吼《ほ》えた。

　結果を見定めるために長居はしなかった。運転手を仕留めていてもいなくても、残りの二台は新しい状況にすぐ対応して追跡を続行する。さっき三発目を撃ったことを少し後悔したが、いまさらどうなるものでもない。ヘンリーのマガジンチューブには弾が四発しかなく、実包はポケットにどっさりあるが、どのみち装塡し直す三十秒の余裕を見つける前に戦いは終わると、彼の直感は告げていた。ヘンリーを地面に置いてパッと立ち上がり、乾ききった畑の奥へ向かった。

　五〇メートルほど進むと空気の熱さが少しましになり、レッドはまた地面に伏せて、横へ二度転がったあと、体を起こしてＭ４を構えた。と、ほぼ同時に、炎の中から最初の車が飛び出してきた。

〈ダンシング・エルク牧場〉のロゴがあしらわれたジープ・ラングラーで、直後に同じラングラーがいて、そのあとにラム・ウォーロックの真っ赤な四輪駆動車が続いた。ジープ二台のルーフトップは外されていて、それぞれの後部にカウボーイが二人ずつ立っている。片手でロールバーを握り、もう片方で拳銃を構えていた。ラムの荷台にも男が二人いたが、格好の標的《カモ》にならないようしゃがみこんでいた。ラムはひとたび炎の壁を通り抜けると速度を落とし、そのあいだにジープ二台がレッドの伏せているそばを通り過ぎていった。レッドの居場所を大まかにしか把握していないのは明らかだった。その状況もこれから変わる。

レッドは真ん中の車の後部にいる男たちに狙いをつけ、セレクターを連射に切り替えて弾丸をばらまいた。ジープに立っていた男全員が倒れるか伏せたが、狙った二人は起き上がってこなかった。

再度連射してから右へ転がり、パッと立ち上がって駆けだした。今度は炎のほうへ戻っていった。

〝立つ、見つかる、伏せる〟

唱え終わる前に、背後から拳銃の銃声が複数とどろいた。どの弾も彼をとらえることはなかったが、弾の通過にかき乱された熱い空気がパチパチと音をたてた。彼は地面に伏せて、焼け焦げた草の中に体を転がし、膝立ちの姿勢に戻って銃撃の体勢を整えた。

七〇メートルほど離れたところで車三台がいっせいに旋回して道路を離れ、ピケラインのように畑を横切った。レッドは素早く狙いをつけ……撃って……位置を変え……撃って位置を変え……撃った。

三度の連射で、追ってくる車のフロントグリルを弾が貫通した。砕けたラジエーターから過熱された加圧蒸気が小さな間欠泉と化す。すでに立ち上がって動きだしていたレッドには、車両を無力化できたかどうかわからなかったが、噴出物が敵の視界から彼を部分的に遮ってくれた。弾がまた放たれたが、どれも見当ちがいのところへ飛んでいった。

レッドは伏せて転がり、体を起こして標的を見渡したが、今回、彼の選択はあまり明確でなかった。三台とも停止していて、どの撃ち手も目ではすぐにとらえられなかった。M4の銃口を左右に素早く移動させながら、ゲージの部下の一人が隠れている場所から出て発砲してくるのを待った。彼らはレッドの願いどおりの行動に出たが、銃を撃つために身を乗り出しても、彼が狙いをつける前にさっと陰へ引っ込んでしまう。研究棟での包囲に耐えたときと異なり、野外での長時間の膠着《こうちゃく》状態には耐えられないことにレッドは気がついた。敵には時間と数の有利がある。生き残って勝利するには、果敢な行動に打って出るしかない。

走るのはもうたくさんだ、と彼は胸の中でつぶやき、バネのように体を縮めて発射の準備をした。

ところが、その前に、背後からヒュンヒュンと大きな音が聞こえてきてぎょっとした。急いで後ろを振り返る。

一瞬、自分が見ているものの意味がわからず、頭の中で状況を処理しているあいだに騒音が大きくなり、低空に浮かぶ炎のリボンが近づいてきた。レッドがつかのま陥った金縛り状態を脱して体を右へ投げ出し、地面を転がっていくあいだに、空中ドローンはディーゼルとガソリンが混ざった炎の列をなびかせながら、ゆっくりとそばを通過し、その後ろの畑を燃え上がらせていった。

隣の猛火で生まれた熱風に押されて炎はたちまち広がっていき、あたかも悪意を持った超自然的知性に突き動かされてレッドを探し求めているかのようだ。彼は十人近いガンマンの存在を一瞬忘れて立ち上がり、迫り来る炎から全速力で逃げだした。

レッドにとって幸いなことに、敵も迫ってきたドローンへの対応で手一杯だった。ドローンはあらかじめプログラムされた飛行経路に従い、ラムの真上へ来て、車の真ん中に燃える燃料の縞模様をつけていった。後ろに隠れていた四人がたまらず逃げ出す。三人は開けた地面を急いで横切り、ほかの仲間が待つ立ち往生したジープ二台へ向かった。あとの一人はドローンの滴下トーチにつかまり、炎の壁の向こうへ消えた。

ジープ二台の後ろに隠れていた男たちがレッドを狙って撃ち始めたとき、彼はまだ二〇メートルくらいしか進んでいなかった。銃声が聞こえたところでうつ伏せになって体を転がし、起き上がって発砲した。レッドの目には銃口の閃光が見えたが、男たちはのほとんどは車の角に隠れていた。しかし、破壊されたピックアップトラックから逃げてきた三人は開けた場所にいたため、レッドは狙いの先を変えて、弾倉に残る全弾を連射した。三人のうち一人が倒れ、そのまま起き上がってこなかった。

レッドは弾倉を入れ替えて右へ転がり、三秒かけていちばん遠いジープへ突進した。小麦の茎の間へ身を投げ出してうつ伏せになるとほとんど同時に、ジープの後部にいた男たちが射撃を開始した。飛んできた弾を受けてもろくなった茎がポキポキ折れ、跳ね上げられた土がシャワーと化してレッドの上に降りそそぐ。折れた小麦のさなかにいる彼の姿こそ見えなかったが、どこにいるかは見当がついたらしい。ところが、何秒かして銃撃がやんだ。

レッドは脅威を顧みず、腹ばいで前進した。茎をかき乱して自分の居場所にこれ以上注意を引くことがないよう、ゆっくりと進んだ。一〇メートルくらい進んだあと、慎重にしゃがみこみ、交差する茎の隙間からその向こうが見えるまで頭を持ち上げた。

ジープまではほんの二〇メートルほどだ。煙の充満した空気を覆う赤橙《あかだいだい》色の光を背に黒い物体が見えた。何かが動く気配はなかったが、ガンマンたちがそこにいて、自分が姿を見せるのを待っていることをレッドは心得ていた。ふたたび地面に伏せ、匍匐《ほふく》前進を再開した。体を引きずり、一センチまた一センチと進んでいく。

五メートルくらい進んだとき、ガサッと音がして、彼はその場に固まった。男たちの少なくとも一人が危険を承知で彼を探しに出てきたのだ。伏せたままでいると、男たちの交わす叫び声が聞こえた。みんなで協力してレッドの居場所を突き止めようとしている。危険を承知でヨガのコブラのポーズのようにゆっくり上体を持ち上げて見てみると、自分の四〇〜五〇センチ横を動いていく直立した人影がちらりと見えた。レッドはまた地面に伏せ、M４をわきに置いて拳銃に持ち替えた。ここから先は一対一の近接戦に限定する。

おれ好みの戦いだ。

レッドは仰向けになり、通りかかったほとんど目に見えない人影に拳銃の狙いをつけた。ガンマンにはレッドが見えていなかったし、ほかに方法がないならともかく、発砲して自分の居場所を明かす手はない。

ジープのいる方向から切迫した叫び声がし、レッドが目で追っていた男がパッと振り返って来た道を駆け戻っていった。

思いがけず与えられた猶予《ゆうよ》をレッドは歓迎したが、これは不吉な展開でもあった。腹ばいに戻ってふたたび上体を起こしたとたん、何が男を引き返させたのかわかった。左に五〇メートルくらい離れたところで、何分か前にそばを通過していったドローンが液体を滴らせながら戻ってきた。燃料に着火されて生まれた炎が着々と前進している。ひとたびドローンの通過が完了すれば炎の挟み撃ちに遭う。生き残っているガンマンたちはいち早くそれを察知し、手遅れになる前に防火帯の反対側へたどり着こうと全力疾走していた。

レッドも彼らに倣《なら》って反対側へ逃げたい衝動に駆られたが、間に合わないとわかっていたし、よしんば間に合っても、そこにはゲージの殺人部隊が待ち構えている。代わりに拳銃をウエストバンドに押し戻して、ふたたびＭ４を持ち上げ、近づいてくるドローンに狙いをつけて連射を開始した。

カービンの銃口から鮮黄色の炎が咆哮《ほうこう》をあげたが、銃撃はまったく効き目がないようだ。レッドは前進してくるドローンの軌道を目で追い、体を回しながら引き金を繰り返し絞り、絶え間なく撃ち続けた。

この努力にゲージの部下たちが気づいた。二、三人が振り返り、レッドに発砲し始めた。レッドは飛んでくる弾にかまわずドローンへの射撃に集中した。無人機がそばを通りかかる直前、一発が滴下トーチの燃料タンクを貫通した。ドローンは閃光とともに爆発し、炎の破片と化して地面に落下し、レッドとゲージの部下たちの間に小さな炎をまき散らした。ガンマンたちは炎の間からレッドに発砲を続け、レッドは銃の狙いを調節して撃ち返した。

ガンマンの一人がレッドのＭ４が連射した一発に切り裂かれて独楽《こま》のようにくるくる回転した。レッドは別の標的に狙いを移したが、引き金を絞ったときカービンは弾を一発だけ吐き出し、そこで沈黙した。役に立たなくなった武器を投げ捨ててウエストバンドから素早く拳銃を抜き、炎のほうへまっしぐらに突進した。

滴下トーチが起こす逆火とは異なり、ドローンの破壊で生じた小さな炎は小麦の海に浮かぶ炎の島のように散らばっていた。いずれ広がってひとつにまとまるのだろうが、さしあたり、大胆な人間か愚かな人間なら通り抜けられる道ができた。レッドはまさしくそんな一人だった。

炎熱地獄は髪と髭がチリチリ焼けるくらい熱く、ポケットの弾が昇温発火《クックオフ》しないか少し心配だったが、移動を続け、ダンスを踊るように炎の島々を縫っていった。狂気のサウンドトラックのように、ロドニー・アトキンスの昔の歌の一節が——ウィンストン・チャーチルの言葉という説もあったが——頭の中に流れた。

〝地獄を通り抜けるなら、足を止めずに進み続けろ〟。

ゲージの部下たちは彼を見ていなかったのか、彼のしていることを信じようとしなかっただけなのか、炎から後ずさりし、炎を回りこむように回避し始めた。レッドが反対方向から回りこんでくると予想したのかもしれないが、それが彼に確固たる戦闘姿勢を取るチャンスを与えた。彼は両手で拳銃を握りしめ、いちばん近い敵に狙いをつけた。

M1911から放った二発がその男を倒した。ゲージの部下たちがくるりと旋回して自分に向かってくるのを見たレッドは、彼らが発砲を始めたとき、前へ飛び出してとんぼを切った。しゃがみこんで再度発射し、残る四人のうち一人の腕を負傷させたところで武器のボルトがロックバックした。空《から》だ。

弾が二発発射されるあいだも、素早く前進しては前転するコンバットロールを敢行し、そのあと、いつなぎ倒されてもおかしくないと覚悟しながら、腕を負傷した男をめがけてダッシュした。

奇跡的に、ゲージの部下たちは彼を撃ってこず、レッドは狙っていた標的にたどり着くことができた。銃を持った男にタックルをかけて倒し、拳の一撃で失神させて、男が落としたグロックに手を伸ばした。

拳銃のスライドがロックバックしていることに気づいたとき、奇跡もこれまでかと思った。空だ。

無防備な状態になったが、生き残っている三人はまだ発砲を控えていた。何秒かして、彼らの武器も空になったのだとレッドは気がついた。

思わず高笑いしそうになった。

三人の男はつかのまレッドを見つめてから顔を見合わせてうなずきを交わし、拳を固めて昔ながらの素手の戦いの準備をし、レッドのほうへ動きだした。

三対一。自分たちが有利と見たのだろう。

それはレッドも同じだった。

69

始まる前から勝負はついていた。ゲージのカウボーイのうち二人は彼を左右から挟み撃ちにしようとし、もう一人はベルトの鞘《さや》からボウイナイフ（大型の狩猟刀）を抜いてまっすぐ向かってきた。レッドは三人を二歩圏内まで引きつけてから動きだした。ナイフの男にフェイントをかけ、バックステップして左の男に相対した。男が伸ばしてきた腕をつかみ、すさまじい力で振り回すと、肩関節から腕が外れた。男の苦悶《くもん》の叫びはナイフの男にぶつけられたところで途切れた。頭が鉢合わせになり、銃声くらい大きな音がした。二人ともドサリと倒れ、レッドは残る一人に突進したが、相手はいまの出来事に愕然《がくぜん》とし、自分を守るために拳を持ち上げることさえできなかった。

レッドは三人全員を倒れた場所に置き去りにし、ゆっくり道路へ駆け戻った。歩いて研究施設へ戻る途中、炎に二度立ち向かうことになった。焦土と化した一帯へ出たとき、東の空が明るくなってきた。長い夜は終わりに近づいていたが、アントン・ゲージとの戦いはまだ始まったばかりだ。

研究棟を回りこんで、JBの古いトラックを置いてきた場所へ向かおうとしたとき、後ろから大きな声が呼びかけた。

「止まりなさい、ミスター・レッド！」

ぎくりとしたが、言われたとおりにし、ゆっくりと両手を上げた。しゃがれ声だが、女性のものに間違いない。少しして、相手を見ようと振り向きかけて、また新たな警告を引き出した。「やめなさい。本気よ。撃つ」

レッドはその場に固まったが、その時点ですでに、二〇メートル近く離れた研究棟の正面入口のそばに立っている女が見えるくらいまで体は回っていた。

「おれがまだ生きているのは、おれにしてほしいことがあるわけだ」とレッドは言った。「当ててみようか。ウィロウの生物兵器が欲しいんだろう」

「どこにあるの？」

レッドは小さな満足の笑みを浮かべた。この女の手にまだ渡っていないなら、GPSの追跡を遮断する対策が功を奏したわけだ。「安全な場所だ。アルミシートのスペースブランケットにくるんで、絶対見つからないところに隠してきた」

さらに四分の一、体を回して女と向き合った。長身痩軀で、玄妙な薄明かりに浮かんだブロンドのショートボブは白髪のように見えた。ゲージの警備隊の一員ではなさそうだ。しゃれた黒のビジネススーツに身を包んでいる。右手でグロック19を握り、自分に狙いをつけているのも、レッドにはわかった。女は止まれという命令を繰り返しこそしなかったが、意味ありげに銃を振って見せた。

「ギャビン・クライン特別捜査官に場所をメールした」とレッドは続けた。「彼はFBIの捜査官だ。おれを殺してもゲージは破滅する」

女はふっくらした唇をゆがめ、魅力とは無縁のせせら笑いを浮かべた。「クライン」女はその名前が不幸の元凶であるかのように吐き捨てた。「彼とはどんな関係？」

「話せば長い。あんたは？」

女はどこまで明かしたものか考えあぐねたように首を横に傾けた。「まあ、どうでもいいようなことだけど。わたしは彼のボスよ。だから、あなたが彼と裏でどんな取引をしてきたとしても、そこに意味はないの」

レッドは理解したとばかりにゆっくりうなずき、はらわたの中で怒りの炎が熱くなってきた。「次官補のカルプだな。クラインは彼の部署で情報の漏洩があったものとにらんでいた」

カルプのせせら笑いが笑みに変わりかけた。「あら、でも、漏洩元はギャビンよ。少なくとも、証拠はそれを指し示すことになる。彼が抗弁できる立場にあるとは思えない」

レッドの心拍数が上がってきた。燎原の火に果敢に立ち向かったときと同じように。

「おまえはギャビンの手が迫っていることをウィロウに教えた」怒りの高まりに反して、レッドの口調は鋼《はがね》のカミソリのように冷たかった。「海兵隊レイダースが来るとウィロウに警告した」

レッドはカルプのほうへ一歩踏み出した。彼女の目に理解とは別の何かがひらめいた。

恐怖だ。

「おれは女を殴らないよう、父親に育てられた」彼は冷たい声のまま言った。「しかし、おまえは別だ」

カルプは身をこわばらせ、ふたたびグロックを誇示した。「やめなさい」と彼女は警告したが、その手は震えていた。彼女はさっと二歩下がって距離を広げ直した。

「本気よ。あなたを生かしておく必要はない。あなたを殺して、次はクラインを殺す。あのケースが見つからなくてもかまわない」

耳に血流が押し寄せ、相手の声はほとんど聞こえなかった。知らない外国語を聞いているようなものだ。自分に向けられている拳銃も、それがもたらしかねないダメージも、ぼんやりとしか意識していなかった。脳内でただひとつ冷静を保っている部分は、この女にたどり着くには何歩が必要で、首をへし折るにはどれだけの力が必要かという計算に占められていた。

必要な速さで動けば、この女は引き金を引く前に死ぬ。

ところが、動きだそうとしたそのとき、カルプの目が横に動いて彼の後方を見た……何を見たのか？

どうでもいい。相手が警戒をゆるめたこのチャンスを逃す手はない。

くるりと体を回してグロックの狙っている場所から離れ、狙いがつけ直される前に距離を詰めた。踏みこんで、銃を握っているほうの手首を右手でつかんで跳ね上げ、背後へ回りこんで左の腕を首に巻きつける。

そのとき、カルプの注意をそらしたものが見えた。

駐車場に黒いＳＵＶが飛びこんできて、二人のほうへ猛然と近づいてきた。

レッドは新たな脅威を優先し、右手を素早くすべらせてカルプの手からグロックをもぎ取り、しかるのちに、彼女の体を盾にしてＳＵＶのフロントガラスに狙いをつけた。運転手の頭がある高さへ。

車は二〇メートルほど手前でタイヤをすべらせながら停止し、複数のドアが開いた。

何も持っていない両手が突き出され、聞き慣れた声が叫んだ。「マッティ！　やめて！　わたしよ」

彼女の方向からあわてて銃口をずらそうとし、危うくグロックを落としかけた。

「エム？　ここで何をしている？」

運転席からエミリーがすべり出てきた。助手席からクラインが、後部座席からブラックウウッド保安官とトレッドウェイ特別捜査官が降りてきた。エミリーは恐怖の気配をまったく見せずにレッドとの距離を詰め、ためらいがちではあったがクラインもそのあとに続いた。

「マッティ」エミリーは柔らかな声でなだめるように言った。「ここまでにしましょう。あとはギャビンにまかせて」

レッドは目をしばたたかせて彼女を見た。「こいつはおれの部隊を殺した」

エミリーはうなずいた。「それはわかってる。アントン・ゲージに命令されてやったのよ。この人を使って彼に鉄槌を下すことができる」

「彼女の話を聞け、マット」クラインが厳《おごそ》かに言った。「カルプにはゲージのために泥をかぶる気など毛頭ない。それで自分を守れるならゲージを売り渡す」

「わたしが関与している証拠はどこにもない」レッドの腕に喉を圧迫されて、カルプの声がくぐもった。

「いくらでもある、レイチェル。しかし、いいか。きみがマットに首の骨を折られようが、わたしは全然かまわない。どのみち、きみは裏切り者で、その事実は世界に知れ渡る」

「できるものか」

クラインは肩をすくめて、意図的に背中を向けた。レッドの上腕二頭筋がほとんど無意識に収縮し、それ以上の反発を封じた。カルプが彼の腕を激しく叩き始める。

「マッティ！」エミリーが懇願した。「やめて。あなたらしくない」

レッドは腕の力を強めた。「いまのおれがどんな人間か、きみは知らない、エム」

彼女はすっと目を細めた。「いまこの世にいる人間で、本当のあなたを知っているのはわたしだけかもしれない。さあ、やめて」

この言葉は彼の怒りを突き抜けた。腕を放すと、カルプは地面に崩れ落ち、苦し気に息をあえがせた。クラインが急いで制圧しようとしたが、すでにカルプは戦意を失っていた。

レッドは何も言わず、回れ右をしてJBのトラックのほうへ歩き始めた。自分がどこへ行くかはわからないが、動き続ける必要があるのはわかっていた。

「マッティ、待って」エミリーが追いついて彼の腕に手を置いた。

その手を振りほどかずにいるにはありったけの自制心が必要だった。

「もう終わったのよ。おうちに帰りましょう」

「おうち？」そう口にして、不思議な感覚を覚えた――自分がよく知らない猥褻《わいせつ》な言葉のように。「どこのことだ？」

エミリーは顔を上げて彼の目を見つめた。「ジム・ボブの牧場。あなた、あなたの牧場よ。

もう、休んでいいのよ、マッティ。あなたは勝ったの」

何も勝った気がしなかった。しかし、この何日かで初めて、自分の失った数々のことを考えていなかった。ようやくJBのために正義が行使され、ゲージのあの異常な計画が阻止されたのかもしれない。ともあれ、出発する準備はできた——そして今回は、エミリーを置き去りにするつもりはなかった。

彼はエミリーの手を取り、JBのトラックをあごで示した。「ここを出よう」

「マット、待ってくれ」今度はクラインが呼びかけた。彼はトレッドウェイの手錠で拘束されたカルプのそばを離れ、急いで追いついてきた。「マット、これがどんなにすごいことか、きみはわかっていない。これは大勝利で、すべてはきみのおかげだ」

レッドは彼をにらみ返した。「それでおれとあんたの関係が変わるわけじゃない、ギャビン。もう二度と会いたくない」

「わかる——当然のことだろう。しかし、ゲージはまだ拘束されていない。〈トゥウエルブ〉の残りも。あの男を見つける必要がある」

レッドは頭を振った。「もうおれには関係ない。おれには守るべき牧場がある」

エミリーの手が彼の手にすべりこんだ。そして大丈夫と語りかけるようにぎゅっと手を握った。「わたしたちには守るべき牧場がある」

エピローグ

半年後
モンタナ州ウェリントン

大雪の夜、ごうごう燃える暖炉の火が点滅する標識灯のように家の中を照らしていた。

エミリーはカウチに寝そべってレッドの膝に頭をのせ、静かに流れる音楽を聴きながら、揺らめく炎を見て陶然としていた。ステーキとフライドポテトとロッキーロードのアイスクリームで夕食を済ませ、二人とも満腹だ。エミリーにとってはたまらない三つの取り合わせでもあった。彼女お気に入りのドラマシリーズ『ビッグバン★セオリー ギークなボクらの恋愛法則』を、また一話見終わったところでもあった。レッドにいわゆるドラマ三昧で過ごしたりストリーミング配信を楽しんだりする習慣はなかったが、このコメディは好きになってきた。エミリーとちがってあらゆるせりふを脳に焼きつけるほどではないが、あちこちで笑いを漏らした。要するに、楽しそうにしているエミリーを見るのが楽しいのだ。彼女の笑顔は素晴らしいが、笑い声はいっそう素晴らしい。

牧場の経営に目鼻をつけてJBの借金を少しずつ返済し始めた激動の半年だったが、二人は最高に幸せだった。エミリーは医療センターの仕事を続け、レッドは牧場を切り盛りしながら、土地を貸し出したり、ほかの牧場の牛を世話したりした。大きな災害がなければ、翌春には家畜を飼えるだけの資金が貯まるだろう。

二人は世間の若い新婚夫婦よりたくさん話をし、長時間労働でくたくたにしては思った以上によく愛し合った。まるで、たがいの頑固さと片意地で失った年月を懸命に取り戻そうとしているかのように。エミリーの妊娠がわかってもペースは全然落ちなかった。

ローレンス牧師も娘をレッドに託すことに異を唱えなかった。当初は、レッドがまた忽然と姿を消してエミリーを悲しみのどん底に突き落とすのではないかと心配していたが、ここにとどまって牧場を立て直し、JBの借金を清算し、娘と結婚するという彼の意思表明に感激した。二人は最近、日曜の礼拝にいっしょに出るまでになった。ようやくレッドはかわいい娘にふさわしい男になり始め、結婚式でローレンスは、自分の娘はついにレッドを誠実な男に仕立てたと宣言した。牧師夫妻がレッドとエミリーから、あなたたちはもうすぐ祖父母になると教えられたとき、老牧師は椅子から飛び出して高笑いし、アイルランドの古いジグ（飛び跳ねながら踊る民族舞踊）を踊って喜びを表した。部外者が見たら酔っ払っていると思っただろう。

　秋が深まり冬を迎えると、二人はパチパチ燃える火の前で過ごし、凍《い》てつく外の静寂を寄せつけない熱気を楽しむことが多くなっていた。

　妻の柔らかな髪に手をやりながら、レッドは彼女を見て微笑んだ。

「いまあなたは何を考えているの？」と彼女が訊いた。

　レッドは妻がこの質問をよくすることに気がつき、自分のコミュニケーション能力の低さと関係があるのだと察した。彼女は話し好きだが、自分はそうでない。しかし、彼はそこにも取り組んでいた。

「特に何も」

「またあ、マッティ。教えて。変な顔してるわよ」

「いやその」と彼は言い、適切な言葉を探した。「きみの言ったとおりだとね。いまはここがわが家だ」

エミリーが微笑み返す。「ね、モンタナも悪くないでしょう」

　それは確かだが、レッドが言いたかったのはそれではない。「と思うが、考えていたのは、その、これだ」彼は空いているほうの手で円を描いた。

顔にしわを寄せたエミリーを見て、レッドには彼女がまごつき、いらだっていることがわかった――いまだに彼のことをいつも理解できるわけでないことに。しかし、彼はそれを不満に思っているわけではない。自分が何を言おうとしているのか、自分でも毎回わかっているわけではなかったからだ。そこには彼もいらだっていた。

「牧場のこと？」

「牧場は文句ない」彼はうなずいてそう言った。「仕事は大変だが、JBがこの土地を愛してやまなかった理由がよくわかる」

エミリーは首を横にかしげた。なおも彼の心を読もうとして。

レッドはため息をついた。そこでようやく言葉が見つかった。

「おれのわが家はきみだ、エム。きみなんだ。ここでも、牧場でもない。きみといっしょにいられる場所。そこがおれのわが家だ」

エミリーの頬に紅が差し、彼女が腕を伸ばして彼の首に回し、引き寄せたとき、背後の小さなスピーカーからトーマス・レットの歌声が響いた。

言葉では足りないことをぼくは知っている
人生に必要なのはきみの狂おしいほどの愛なのだと……
おお、ぼくの手にあるのがきみの手だけだとしても

ベイビー、ぼくは幸せな男として死ねる

眠りに落ちかけたとき、モーターの音とタイヤが地面にたてるバリバリという音に驚いて目を覚ました。

レッドはパッと立ち上がり、エミリーが上体を起こすあいだにマントルピースからウィンチェスターを取ってきた。

「誰だろう?」

「わからない」

外でエンジンが止まったとき、レッドはバーンコートさえ着ていなかった。彼は玄関ドアを引き開けた。

暗闇に男が一人立っていて、窓から漏れている暖炉のオレンジ色の火明かりが顔に影を落としていた。

「ここで何をしている?」とレッドは尋ねた。

「話したいことがある」とギャビン・クラインが言い、一語ごとに口から蒸気を噴き出した。ぼたん雪が髪と肩に積もり始めている。彼は両手を上げ、手のひらをレッドのほうへ向けた。

「〝帰れ〟という以外、何も言うことはない」降参の身ぶりだ。

エミリーがレッドのそばへ来て、彼に腕を回した。それから目を細めた。「ギャビン？　あなたなの？」

「やあ、エミリー。結婚式に出られなくてすまなかったね」

「あなたのせいじゃないわ」と彼女は言った。クラインが犯した許しがたい裏切り行為は承知のうえで、エミリーは招待状を送るようレッドに働きかけたが、彼は可能なかぎりの辛辣《しんらつ》な言葉でその考えを拒否した。

「写真を送ってくれてありがとう」クラインが続けた。「きれいだったよ」

「ありがとう」

「それと、赤ちゃん、おめでとう。ここから見ても、きみは輝いている」

「まあ、立ち寄ってくれたことには感謝しよう」とレッドが言った。「これから嵐になる」彼はクラインの四輪駆動車のほうを身ぶりで示した。「トラックに戻って、空港へ行って、離れられるうちにここを離れろ」

「マット、少しでいいから時間をくれ。大事な話だ」

エミリーがレッドの腕を引っ張った。彼女はクラインにも聞こえるようなささやき声でレッドの耳元に、「せめて最後まで聞いてあげて」と言った。

レッドはため息をつき、銃を置いて、胸の上で太い腕を組んだ。「何だ？」

「きみに渡したいものがある。なんの埋め合わせにもならないだろうが――」

「何だろうと、おれは欲しくない」

「これは欲しくなる」クラインはコートの内側に手を入れてマニラ封筒を取り出した。封を開け、印刷された紙片を抜き出す。薄暗く、距離があっても、レッドにはその書類が何かすぐにわかった。

ＤＤ２１４と呼ばれる書式で、個々人の軍歴を逐一記録した国防総省の標準的な証明書だ。クラインは封筒から紙をもう一枚取り出して最初の紙の上に重ねた。レッドには馴染《なじ》みのないものだったが、クリーム色の上質紙に海兵隊の陰影が見分けられた。上のところに優雅な筆跡で〝名誉除隊〟と記されていた。

レッドは言葉を失った。

クラインが前に出て書類を差し出した。レッドが受け取る動きを起こさなかったので、エミリーが受け取った。「ギャビン、すごいわ。ありがとう」

「礼は無用だ」クラインはレッドの視線を受け止めた。「自分のしたことの償いにはとうていならないが、少なくともこれで、きみから奪われたものの一部は取り戻すことができる。きみの非名誉除隊《OTH》とそれに至る経緯はすべて記録から削除された。きみは正義の男に戻ったんだ」

レッドはゆっくりうなずいた。いまでも夢の中で部隊の仲間の顔が見え、眠りを妨げられることがあった。アントン・ゲージに断言した言葉を、彼は忘れていなかった。

〝どこへ行こうが関係ない。かならず見つけだす〟

だが、その誓いも日ごとに重要度が薄れていく気がした。牧場を救い、エミリーとの失われた時間を取り戻したことで、心の傷が癒えたとは言わないまでも、傷はかさぶたに覆われていた。

そしていま、クラインはレッドの失った尊厳を一部なりと取り戻させたことで、その傷をふたたび開くことになった。

正義の男に戻った、か。レッドは胸の中でつぶやいた。だが、それで部隊の仲間が戻ってくるわけではない。何をしようと、それは変わらない。

「もうひとつある」とクラインが言った。「ウィロウの生物兵器がこの世に出るのをきみが阻止してから、いろいろなことがあった。わたしは情報部のトップに任命された……カルプがかつて就いていた地位に。そして、われわれの最優先任務はハンナが話していた〈トゥウェルブ〉と呼ばれる集団の正体を暴いて打倒することだ。まずは、アントン・ゲージから」

「彼の居場所はわかっているの？」とエミリーが尋ねた。

クラインは首を横に振った。「まだわかっていないが、永遠に隠れていることはできない。資産は凍結されたし、隠れられる場所は限られている。世界のどこにいようと、あの男が息を吸いに水面へ上がってくると同時に、われわれは態勢を整える。わたしはＦＢＩ長官と大統領にのみ報告責任を負う最新鋭チームを結成することになり、ゲージの発見がその最優先事項だ」

レッドは目をしばたたかせ、そのあと目を上げて、クラインの訴えかけるような視線を受け止めた。「昇進おめでとう、ギャビン。あれだけの時間をかけ、あれだけの犠牲を払ったんだから、昇進は当然だ」彼は肩をすぼめた。「そろそろ出たほうがいい」彼はそう言って家に引き返そうとした。

「チームの選考はわたしに一任されている。マット、きみを抜擢《ばってき》したい」

レッドは立ち止まったが、向き直りはしなかった。彼はかぶりを振った。「おれには牧場の仕事がある」

「聞いていなかったのか？　われわれはアントン・ゲージを追う。ジム・ボブときみの部隊を殺した張本人を。その一翼を担いたくないのか？」

レッドは向き直って玄関ポーチから下り、つかつかと、鼻と鼻がくっつくくらいまでクラインに歩み寄った。「あんたは何の断りもなく、おれをメキシコの任務から外した。さらにまずいことに、部隊の仲間たちを死なせた。その点を許すことはできないし、まして信用などできない」

「あんなことになって申し訳なく思っているが、きみを守ったことに謝罪はしない。父親ならそうする、何があっても。あれはわたしが初めてした父親らしいことかもしれない。子どもが生まれたら、きみにもわかる」

「あんたはあいつらを殺したんだ、ギャビン。どう捻《ね》じ曲げようと勝手だが、あんたの手は彼らの血にまみれている」

クラインは首を横に振った。「殺したのはわたしじゃない。殺したのはアントン・ゲージだし、あの男に代償を支払わせる。やつと、この一件に関わった全員に。唯一の問題は、きみにその任務の一翼を担いたい気持ちがあるかどうかだ。やるか、やらないか？」

レッドがエミリーを振り返ると、彼女は寒さと雪で震えていた。そこでレッドは首を横に振った。「言っただろう。おれには責任がある。牧場の経営。支えていく家族。おれにとって大切なのはそれだ」

「われわれはまだ立ち上げの段階だ」クラインは続けた。「部隊が稼働したときも、きみは呼び出しを待つことになる。きみが必要になるまでは待機していればいい。牧場の仕事と子育てに充てる時間はたっぷりある。約束する」

「おれはあんたとはちがうんだ、ギャビン」とレッドは怒鳴り、クラインの胸に指を突きつけた。「妻子を放ったらかしにして悪人を追いかける気はない。自分の子をおれみたいな目に遭わせたくない。そこがあんたとJBの違いだ。JBは理解していた。いつの世にも悪人はいるが、家族を獲得するチャンスは一度しかない」

エミリーがポーチから降りてきてレッドの肘をつかんだ。「マッティ、待って。よく考えて――」

「きみたちのどちらも、そんな目には遭わせない」レッドはそう言って彼女をさえぎった。彼の目は大きくなってきたお腹にそそがれていた。

エミリーは彼の腕をぎゅっとつかんだ。「あの危機的状況でギャビンと狩猟小屋にいたとき、わたしは怖かった。唯一、大丈夫かもしれないと思えたのは、あなたがいるとわかっていたから。あなたは戻ってくる、わたしたちを救ってくれるとわかっていたからよ」

彼女は手を伸ばしてレッドの頰に触れた。「この世にはあなたが必要な人が大勢いるのよ、マッティ・レッド。その人たちはまだ気がついていないけど。あなたは正義の人で、正しいことをする――」彼女はもう片方の手で自分のお腹をさすった。「そして、わたしたちはあなたが戻ってくるのをここで待つ」

レッドはしばらく彼女の視線を受け止めた。そして最後に、口の端にちらっと笑みを浮かべた。「愛してる、エム」

彼女の笑顔は冬そのものを溶かしてしまいそうだった。「わたしも愛してる」

レッドは硬い表情のままクラインに向き直った。「あんたのことはけっして許さない。何ひとつ。あんたのようになる気はまったくない」

クラインはだめかと肩を落とした。「わたしがどんなにひどい父親だったか、きみはいつも指摘したがる。しかし、ジム・ボブに託したとき、ひとつだけ正しいことをした」彼は向き直り、SUVに向かった。「繰り返し頼むつもりはない、マット。最後のチャンスだ。やるか、やらないか?」

レッドは腕組みをして、もういちどエミリーを見た。彼女はうなずいて同意を示した。

「アントン・ゲージが見つかったら電話をくれ、やつが顔を出すと同時にモグラ叩きに行く。それまではここにいる」

「話は決まった」とクラインは言い、ドアを開けてSUVに乗りこんだ。「また連絡する」

「またな、ギャビン」

謝辞

何よりまず、私の主《しゅ》であり救い主であるイエス・キリストに感謝したい。彼の存在なくして本書の実現はあり得なかった。

本の執筆は一人ではできない作業であり、感謝しきれないほど多くの方からさまざまな形の貢献をいただいたおかげで、この信じられない旅を続けてくることができた。まずはジョシュア・フッドとマイク・メイデンとショーン・エリス。お三方それぞれが、本書が今日のような形になるうえで重要な役割を果たしてくれた。私とマッティ・レッドのためにしてくれたすべてに感謝したい。そして何より、あなたがたの友情に感謝したい。

その点では偉大なる故ヴィンス・フリンにも心から感謝を申し上げる。長年にわたって数多くの作家とその作品を堪能してきたが、そもそも私がこのジャンルにのめり込んだのは、ヴィンスと彼の作品の登場人物ミッチ・ラップのおかげだった。ヴィンスに会うことはかなわなかったが、彼の人生は私の人生に大きな影響を与えた――はるか昔に彼の小説世界へ飛びこんだときには想像もできなかったような形で。

私の両親、ジェイムズ・ステックとロンダ・ステックへ。二人とも言葉にできないくらい愛している。いろんなことに心から感謝している。二人が払ってくれたあらゆる犠牲、賢明な助言、そしていつも私を信じてくれていることに。姉のジョスリンへ。成長期も大人になってからも私を支えてくれたことに感謝している。祖父母には、私の人生に果たしてくれた数々の役割に感謝したい。

両親にとって残念なことに、私の成長過程には世間の子どもたち以上の力添えが必要になった。子育てには村ひとつが必要と言われるが、私には小さな国が必要だった。スティーブ・ドクサとジャニーン・ドクサ、お二人は私にとってもうひと組の親のような存在だ。感謝も恩返しもしきれないくらい私のために尽くしてくれた。私の人生にお二人がいたことにずっと感謝しつづける。ピートとヴィキのアサロ夫妻、チャックとサンディのグリーン夫妻、リックとジャニーのスミス夫妻、そしてクリスティン・ジャーゼボスキーにも、同様の感謝を表したい。みなさん、本当にありがとう。

七月の仲間スコット・ドクサ（と、彼の素敵な奥さんケルシ）、リンジー・シェファーズ（と、彼女の夫ネイト）へ。二人とも兄弟のように愛している。たくさんの素晴らしい思い出をありがとう。

マイキーとエミリーのダーハマー夫妻へ。あなたたちは家族であり、うちの子たちにそいでくれる愛情に常日頃から感謝している。たくさんの笑いが必要だったこの一年半にくれた笑い、メリッサと私と子どもたちのためにしてくれたことすべてに感謝している。うちのみんなは二人が大好きだ。

友人と呼べることを光栄に思うカイル・ミルズは、ミッチ・ラップを元気に生かし続けるという素晴らしい仕事をしてくれた。カイル（そしてこの活動の真の頭脳であるキム）、あなたが私のためにしてくれたすべてに感謝している。世界のミッチ・ラップファンに成り代わって、ヴィンスの遺産を引き継いでくれたことに感謝の意を表したい。ミッチを正当に評価できる人はあなたをおいてほかにない。あなたがいてくれて私たちは本当に幸運だ。

私の広報担当ではないが、いまなおこの業界の金字塔的存在である不滅の驚異、デイヴィッド・ブラウン（別名@AtriaMysteryBus）へ。これを影響力と呼ぶのか支援と呼ぶのかはともかく、あなたがいなければ〝ラップ学者〟も「リアル・ブック・スパイ」も存在しなかっただろう。スリラー・コミュニティのみんなのために尽くしてくれてありがとう。

私の親友であるだけでなく、「スリラートーク」の共犯者でもあるキンバリー・ハウへ。あなたの友情と支援と助言に、あなたが思っている以上に感謝している。国際スリラー作家協会と「スリラーフェスト」での仕事も素晴らしいし、あなたの次の本が店頭に並ぶときが待ち遠しい。

C・J・ボックス、ブラッド・ソー、ジャック・カー、マーク・グリーニー、ブラッド・テイラー（もちろん、すべてのDCOE（副司令官）ことエレインも）、ブラッド・メルツァー、ダニエル・シルヴァ（奥さんのジェイミー・ギャンゲルともども）、ゲイル・リンズ、ドン・ウィンズロウ、テッド・ベル、ベン・コーズ、マシュー・ベトリー、リザ・スコットライン、ジョエル・C・ローゼンバーグへ。ありがとう。友人になったこととは別に、一人ひとりから執筆のヒントをいただいた。叱咤激励や助言をいただき、物語につまずいているとき助けてくれたり、徹夜の読書体験を提供してやる気を引き出してくれたりして、私の人生に大きな役割を果たしてくれた方々だ。ご存じないかもしれないが、死ぬまで感謝しています。

成長期に大きな影響を受けた先生が三人いた。高校一年時の英語の先生ナンシー・ルーパー、あなたは真の宝石であり、あなたがいるパーチメント高校は本当に運がいい。私が高校を卒業できたのはケイト・クワズニーのおかげです（ご冥福《めいふく》をお祈りします）。けっして私を見捨てず、いつも授業の終わりに、「いい決断をしてくださいね！」と生徒を励ましてくれた。寂しくてたまりません。そしてもちろん、シェイ・ヴァンダーステルト＝ウェンツ先生。あなたは私にとってとても特別な存在で、はるか昔、私を愛し、思いやり、支えてくれたことに感謝しています。マッティ・レッドが初めて生まれたのはあなたの授業中でした。私が一週間の停学処分を食らうことになった作文の課題中です。あのときは頭にきたけど、まあ、すべてうまくいきました。本当にありがとう。

テリー・オハラへ。兄弟、あなたがいまここにいてくれたら、私は何もいらない。ニューヨーク市警の巡査部長から引退していたテリーは二〇一七年にいわゆる〝九・一一食道がん〟（彼はグラウンド・ゼロ時の第一対応者として働いていて罹患《りかん》した）で、奥さんと美しい子ども二人を残してこの世を去った。デニス、あなたは素晴らしい子たちを育てる驚異的な仕事をしているし、テリーは天国から見下ろし、微笑みながらあなたを応援していると思います。

ブレアとトラビスのヘグナー夫妻へ。金曜日の映画の夜は最高だ。素晴らしい両親であり、大人物であるお二人。いつもそばにいて、ピザをたらふく食べ、いっしょに笑ってくれてありがとう。私の作品はフィクションだが、お二人には真の物語がある。いつかお二人の本を手に取ってそこに没入できることを願っています。ぜひ書いてください！

マーリーン・ステックへ。あなたが私にとってどれほど大切な存在であるか、私の人生でしてくれたさまざまなことにどれほど感謝しているかという話で本が一冊書けそうだよ。私にとってあなたは単なるおば以上の存在であり、そのことを知ってもらえたらと思う。毎日の励ましの電話、分け与えてくれた助言。どれもうまくいかないときは私のために祈ってくれた。あなたがいない人生など想像がつかないし、あなたが思っている以上にあなたを愛している。おばあちゃん《グランマ》がいてこれを見てくれたらと思わずにいられない。ロレイン・ステックは子どもにとって最高のグランマだっただけでなく、神を畏《おそ》れ奉仕の心を持つことの意味を、私の知る誰よりも体現した人だった。

代理人《エージェント》のジョン・タルボットへ。すごい旅だった！　私の夢がついにかない、この本が出版されたのは、ジョン、あなたのおかげだ。私をけっして見捨てなかったこと、旅の道中にくれた助言と支援と励ましに感謝している。

ティンデイル・ハウス・パブリッシングの皆さんへ、私とマッティ・レッドに思いきって賭《か》けてくれて本当にありがとう。ティンデイルの著者になれたことをとても光栄に思っているし、みなさんとの仕事がどんなに素晴らしい経験だったか、言葉で語り尽くせない。カレン・ワトソン、あなたは最高だ。このシリーズにあなたがくれた支援と信念には、あなたが思っている以上の大きな意味があった。ヤン・ストブ、ステファニー・ブロエネ、アンドレア・マーティン、ウェンディ・コナーズ、アマンダ・ウッズ、ディーン・レニンガー、エリザベス・ジャクソン、そして本書に携わっていただいたみなさん、あなたたちはとびきりの最高で、このプロジェクトに関わってくれて心から幸運に思う。優秀な編集者サラ・リッシュの名を特筆しておきたい。サラ、マッティ・レッドとこの物語に命を吹きこむうえで、あなた以上のパートナーは考えられない。今回のプロセスで本書には格段に磨きがかかったし、あなたから学ぶことが多かった。これがいっしょに取り組めるたくさんの企画の最初の一冊であることを心から願っている。

美しい妻、メリッサ・ステックへ。きみを命より大事に思っているし、きみと乗り切ったこのクレイジーな冒険の一秒一秒を楽しむことができた。きみは魂の伴侶《はんりょ》であり、親友であり、私のすべてだ。本の表紙には私の名前が書かれているが、この物語は私のものであると同時にきみのものでもある。私はこの本を書くために閉じこもっていたが、きみは砦《とりで》を守り、子どもたちを送り迎えし、食卓に夕食を並べ、みんなを気遣ってくれた。私の夢を実現するために犠牲を払ってくれたことを私は知っている。子どもたちも私も、きみがいてくれて本当に幸運だ、ベイビー。ありがとう。

そして最後に、読者のみなさんへ。ブックスパイの私をフォローしてくれた方々と、作家になった私をフォローしてくださっている方々、両方に感謝の意を伝えたい。この数年、私は信じられないような支援を受けてきた。スリラー愛を介して多くの方々と絆を深め、最終的にみなさんに楽しんでいただける作品をお届けできるよう精魂傾けてきた。マッティ・レッドはまだ旅の途中で、彼のために多くの計画を立てています。次作をお楽しみに。本書を読んで、彼は困難を切り抜けたと思ったなら、ここで断言しておこう……あなたはまだ何も見ていない！

〈解説〉スリラー界のクエンティン・タランティーノ

寶村信二（書評家）

本書は、元米国海兵襲撃隊のマシュー・レッドを主人公とするシリーズ第一作である（原書は二〇二二年刊行）。

著者のライアン・ステック（https://ryansteck.com/）は書評家として主にスリラーを紹介するウェブサイト、The Real Book Spy（https://therealbookspy.com/）を二〇一四年に立ち上げ、その運営に関わりながら、小説家としてのデビュー作となる本作を発表するに至った。

レッドが所属する部隊は、ＦＢＩ（連邦捜査局）の要請に応じて、ウィロウと呼ばれる生物兵器の専門家を捕らえるための訓練を繰り返していた。

標的がユカタン半島にある施設を訪れるという情報がもたらされて作戦開始が決まり、外出していたレッドは、基地へ帰還する途中で故障車に遭遇する。修理を手伝うものの、薬を盛られて意識を失う。

そしてレッド不在のまま現地へ赴いた部隊は、待伏せに遭って全滅する。作戦の情報を敵に漏らした廉《かど》で憲兵に逮捕されたレッドは、無実を訴える。しかしその主張を裏付ける証拠もなく、反逆罪で訴追されるか、非名誉除隊を受け入れるかの選択を迫られ、後者を選ばざるを得なかった。

釈放後、養父であり牧場を切り盛りしているジム・ボブ・トンプソン（ＪＢ）から「おまえの助けが必要かもしれない」という伝言が逮捕の前日、携帯電話に届いていたことに気づいたレッドは、モンタナ州ウェリントンの牧場へ急行するが、ＪＢが落馬事故で亡くなったことを知る。

実業家のアントン・ゲージの息子で、土地開発会社を運営するワイアットは牧場を相続したレッドに対し、市場価値の二倍で買い取りたいと申し出る。

経験豊富な養父が落馬するとは信じられず、携帯に残されていた伝言が気になっていた上に、アントンがＪＢに対しても破格の値段を提示していたと知ったレッドは、改めて自分で犯人を探し出す決意を固める。

その翌日、牧場に強盗が押し入り、レッドは不意を衝かれて負傷した上にＪＢが所有していたリボルバーも盗まれてしまう。

治療を受けた診療所には、高校時代に恋人だったエミリー・ローレンスが看護師として勤務していた。ＪＢは癌に侵され、化学療法で弱っていたため乗馬も困難だったはずとエミリーから教えられ、ますます養父の死は事故ではなかったとの思いを強くするが……。

とてもデビュー作とは思えない作品である。

プロローグではいきなり銃撃戦が始まり、複数の敵を相手にしながら臨機応変に反撃する主人公が描かれ、読者はその技量に感嘆しつつ、緊迫感溢れる場面に引き込まれる。

そして絶体絶命の危機に陥ったのも束の間、続く第一章では一転して二週間前に遡り、海兵隊員として訓練に励むレッドが描かれる。そこから場面はワシントンＤＣ、そしてウェリントンへと移り、重要な役割を果たす登場人物たちが手際良く紹介されていく。

ここまででも著者がかなりの腕前であることが窺えるが、事態は急展開して何者かの罠にはまった主人公は海兵隊を非名誉除隊となってしまう。

更に故郷へと戻ったレッドは、養父が命を落とした落馬事故の真相を突き止めようと孤軍奮闘するが、その過程で散りばめられていた謎が徐々に解き明かされていく展開は読み手をつかんで離さない。

冒頭の銃撃戦や、ワイアットの護衛を務めるローマン・シェフチェンコとの格闘の場面も迫力満点で、血沸き肉躍るアクションという点でも充分読み応えがある。

また人物の描写も冴えていて、実直で寡黙、レッドに対して実の息子のように真摯な愛情を注ぐJB、アリス（全電動旅客機）やリリウム（垂直離着陸機）、リビアン（電動ピックアップトラック）を乗り回す、現代の大富豪然としたアントン・ゲージ、その娘で動物保護団体に所属しているハンナ、レッドの高校時代の恋人だったエミリ、更にはいかにも敵役といったワイアットとシェフチェンコに至るまで、全員が独特の魅力を放っている。

真っ直ぐな心根で事件を解決しようと突き進むレッドを主人公に据えた作品は実に痛快で、早く次の作品を読みたくなる仕上がりとなっている。

レンタルビデオ店勤務から映画監督に転身したクエンティン・タランティーノを彷彿とさせるステックは、二〇二四年に刊行予定のレッドのシリーズ第三作 *Out for Blood* に加え、『ステルス原潜を追え』（邦訳は二〇〇三年）や『ハシシーユン暗殺集団』（同二〇〇五年、共にハヤカワ文庫、広瀬順弘訳）の作者で、二〇二三年一月に亡くなったテッド・ベルのアレクサンダー・ホークを主人公とするシリーズの続編二作を執筆する、と The Real Book Spy で発表している。

自身で造形したものではなく、ベルが築き上げた世界をどう解釈してくれるのか、これからの活躍が楽しみな作家である。

◉著作リスト

マシュー・レッド・シリーズ

Fields of Fire　本作

Lethal Range（二〇二三年）

Redd Christmas（二〇二三年、『燎原の死線』の前日譚となる短編）

Out for Blood（二〇二四年）

アレクサンダー・ホーク・シリーズ

Monarch（二〇二五年）

※続編の二作目は二〇二六年に刊行予定。

（二〇二四年一月）

◉訳者紹介　**棚橋 志行（たなはし　しこう）**
翻訳家。東京外国語大学外国語学部卒。訳書に、ミックル『アフター・スティーブ』、マラディ『デンマークに死す』（以上、ハーパーコリンズ・ジャパン）、グレイシー&マグワイア『ヒクソン・グレイシー自伝』（亜紀書房）、カッスラー『ポセイドンの財宝を狙え！』（扶桑社ミステリー）他。

燎原の死線（下）

発行日　2024年2月10日　初版第1刷発行

著　者　ライアン・ステック
訳　者　棚橋志行

発行者　小池英彦
発行所　株式会社 扶桑社
〒105-8070
東京都港区芝浦1-1-1　浜松町ビルディング
電話　03-6368-8870（編集）
03-6368-8891（郵便室）
www.fusosha.co.jp

印刷・製本　図書印刷株式会社

Printed in Japan
ISBN 978-4-594-09673-1　C0197